陰いん　翳えい　礼らい　讃さん

陰翳禮讃　谷崎潤一郎

李尚霖 譯

臉譜出版

目次

美，不容僭越，不可讓渡——《陰翳禮讚》逆讀

吳繼文

結束印度一個多月的旅行，午夜離開加爾各答，在新加坡樟宜機場中轉，「亮度」就告訴你這是兩個世界，好像兩地的距離，不是公定時差兩個半小時，也不是飛行時間的三個多小時，而是，也許三十年！所以當香港朋友來台北，你聽到的第一印象竟然是「台北好暗」，心裡還是小小受了點傷。

明或暗，其實是相對的。在尚未通電的婆羅洲內陸雨林夜晚，一隻螢火蟲的光足以燃亮編竹長屋的一角；當你換上油燈，螢蟲只能勉強點亮自身。

本書開篇之作〈陰翳禮讚〉從電器用品進入日式建築所帶來的美學尷尬談起：前所未有的明亮，無所不在的電線，和木構建築格格不入的瓷磚……然後又說關於廁所，日本人無疑富於詩意的想像力，由於小屋「一定建在離主屋有一段距離之處，四周綠蔭森幽」，蹲在被紙窗濾過的幽光中，不但可以沐浴芬多精，還可以一邊辦事一邊聆聽風聲、雨聲、鳥叫蟲鳴（包括蚊子、蒼蠅嗎？），於是，住宅中最不潔的場所一變而成為最雅緻的地方。

從題名到如是的開場鋪敘，不免讓人順當地以為這是以耽美聞名的作者對幽冥晦澀空間的偏執之愛，也是對「日本之美」國粹或民粹主義式的回歸；依評論家、著名讀書網頁《千夜千冊》主人松岡正剛（Matsuoka Seigou）的看法，谷崎氏一點都不是日本民族美意識的理想代言人。松岡氏很喜歡谷崎潤一郎，卻無法消受比方「在幽暗中追求美的傾向，為何獨有東方人特別強烈」，然後扯到「日本的鬼是沒有腳的，但西方的鬼不僅有腳，而且全身透明」，所以說「我們的幻想與漆黑的幽暗密不可分，而西方人甚至連幽靈也如玻璃般透明」之類的二分法夸言。

因為幽瘖、暗沉並非日本所獨有，那是所有前現代世界的共相；東方既有谷崎所謂由「幽暗所堆疊而成」的漆器，但不也有釉色斑斕、閃閃發光的瓷器？谷崎固然以《刺青》、《春琴抄》、《痴人之愛》、《卍》、《瘋癲老人日記》、《少將滋幹之母》諸作建立他耽美的系譜以及文壇至高的地位，作品多以強勢女性為主體，正面歌頌女性，描寫男性受虐的色情想像、亂倫、戀足癖等，展現他獨特的偏執美學，似乎他會有同樣偏執的日本論毋寧是合情合理。然而出身東京大商人家族（雖然到他父親那一代已經中落），自小被視為神童長大的他，對生活、人情皆有過人的感受性（否則也不會寫出讓一代代讀者驚嘆、動容的故事），對浮世悲歡自有一種凌厲的眼光，對虛偽的流俗更是不假辭色（想想他創作全盛期是什麼時代：主旋律無非謳歌男性、滅私奉公、富國強兵），這樣一個人，會鹵莽地賣弄「東方文明優越論」或是厚古薄今的美學觀嗎？

何況將谷崎作品瀏覽一過，就會發現即使他驅使極為典雅的日文、展現一個充滿古代風情的世界，但他創作者的自覺是非常強烈的：他無法滿足於平庸、模擬（即使是高明的模擬）之作，於是毫不遲疑地運用許多實驗性技巧。比方《少將滋幹之母》（一九四九）多重視點的敘述游移，《鍵》（一九五六）交叉呈現一對夫婦的日記，丈夫的部分一律用片假名，妻子的自白則是平假名；最特別的是描繪一個年輕音樂家對年長女琴師驚世苦戀的《春琴抄》（一九三三），全書極少使用分段、句讀，除了在綿延數頁的兩個大段落之間空個一行，有時甚至連續十幾行不加任何標點（但《春琴抄》可不是教人消化不良的癡人囈語，它的故事迷人至極）。這樣說來，同年發表的〈陰翳禮讚〉也是好幾頁才分段空行一次，但至少該有的標點一個沒少，還算是溫和的。

和他同時代文人一樣，谷崎有著深厚的古典底子，他當然深知他的美學觀不過是常識，無非承襲古人遺韻：中世歌人吉田兼好（Yoshida Kenkou，一二八三—一三五〇）《徒然草》寫道，教養出色者幽居的場所，月光落入的風情沁人心脾，「群樹古駁，無人工斧鑿的庭草也心趣在現」，「家中的器具古調凝重，呈現出深沉的美」，相反，眾多工匠盡心營造的豪邸「連庭院裡植栽的草木也不能隨順自然生長」被人為地修飾，「看起來彆扭心裡更悲戚」；或是七夕祭時節「漸次感到了夜裡的寒冷，大雁鳴叫著飛來，秋蒿根部的葉子黃枯起來，收割晾晒早稻等，一時間多種事情接踵而至，真可謂多事之秋」，卻一切顯得極雅緻，連「颱風離去的翌日清晨的景象也頗有意思」。這不就是谷崎〈陰翳禮讚〉篇的旨趣嗎？歌人鴨長明（Kamono Choumei，一一五五—一二一六）《方丈記》裡面的「隨意休息，隨意怠惰」、「勝地無主，可無拘無束地了卻閒情」，不也可以在〈說懶惰〉和〈旅行的種種〉兩篇發現鏡像語句？

所以要真正理解谷崎潤一郎這樣一位作者，或許不是在他的作品中孜孜於尋跡索隱，甚至落入偏狹的詮釋，這只會是對作者很抱歉的誤讀；反而是做為讀者的我們，需要驅使想像力與同理心，一窺他內在的幽微，進而隔空對話，才是進入谷崎文學世界的王道。

小說，是作者的獨腳戲，不管喜不喜歡，你只能端坐台下，或悻悻離去；閱讀隨筆，則好像你公園閒步，突然一個陌生人過來搭訕，對方話多，但因為說得極有意思，你偶也附和幾句，不覺邊走邊聊了起來。隨筆的趣味，或就在於書寫者和閱讀者之間一種內在、私密（因為超越時空以至於也有些神祕）的互動與對話。

「即使我魂不守舍，也總遊蕩在很近的地方……凡人所能接受的宗教，只是一些凡人的宗教……因為沒有勇氣不信而相信的信仰又是多麼輕鬆的信仰！」這是老蒙田（Michel de Montaigne）來自十六世紀微顫的聲音，那時他獨居的塔樓除了晚風偶爾吹動書頁此外一片靜寂，你對他的小窗招手，他視而不見（也許是因為腎結石又發作了）。

「有一件事情絕不允許再去彌補：錯過從父母身邊逃走的機會……幸福就是能夠認識自己而不感到驚恐。」慧黠，同時帶點惡作劇叛逆的班雅明（Walter Benjamin），你彷彿看到他最後一次走過巴黎街頭一排枯黃歐洲七葉樹時同樣蕭瑟的側影，那時納粹追捕的機器正在收網，你很想勸他走另一個方向，但你知道他已經預見了結局，哪裡都一樣。

「這個世界開始的時候，人類並不存在；這個世界結束的時候，人類也不會存在。」我喜歡如此這般看待（其實沒那麼靈光的）所謂萬物之靈的人類學家，李維史陀（Claude Levi-Strauss），明明是神卻總是站在人的高度說話，注視人的超越，以及不可超越的邊界。每每看到形容憂鬱的他，你多希望他知道，即使只到過很少地方，即使那些地方多半只探訪一次，即使非常痛恨旅行，但他仍然是一個偉大的旅行家。

要與谷崎潤一郎對話，首先必須觀想他所屬的年代（一八八六—一九六五），也就是明治末葉，直到二次戰後日本經濟起飛初期，然後設身處地。在他出生前三十年，日本這個因地理位置而自然閉鎖、內造了數千年的國度才正式對外開放；前二十年，幕府奉還王政，明治厲行維新，強國之夢沸沸湯湯；青少年時期，日本連續打贏了和清國、帝俄的戰爭，儼然新興大國，脫亞入歐之說無須辯證，舉世滔滔，大量引進西歐文明，現代化之路一往無前。

所以谷崎的心性，借用卡內提（Elias Canetti）的說法，有一段時期他住的房子每一扇窗都是開向歐洲的，作風相當洋化（在〈說懶惰〉篇中他也坦承不喜歡「鄉土味」），時代的大氣候使然；昭和初期（一九二六―）的現代主義風潮也明顯影響了他。一九一八、一九二六年兩次中國之旅，也讓他發過一陣中國熱。一九二三年關東大地震以後，他移居關西地區凡二十一年，輾轉於大阪、神戶之間，並迷上文樂（淨瑠璃偶戲），於是又回頭關注日本的傳統事物。他在關西總共搬過十三次家，多是賃屋而居，只有一個住所是自己的，而且是依自己的理想設計而成，即神戶市東灘區的鎖瀾閣。評論家奧野健男（Okuno Takeo）對這棟位於山坡上、展望良好的房子印象是「非常奇妙：日本、西洋、中國的元素各自強烈展現，卻又硬是被揉合在一起，形成一個完整而獨特的宇宙」。

生活在大量引進外來事物，而且以洋為尚的時代，社會上總是漂漾著一種曖昧的空氣，好像先進國的文明體系、包括美的概念一律是理想的、優越的，於是競相拋棄本土既有的一切，以顯示自己的進步。於生活有敏銳感受性的人，包括本書作者，恐怕很難不產生抵抗感。這便成為與谷崎同時代的許多崢嶸的文化人必然要面對，並尋求紓解之道的天命。

一個社會，當它有意識地進行典範或體系的轉移，比方政權的遞嬗，政制的改革，文化的輸入，或整個由封閉而開放，所要付出的代價，常超乎想像，尤其，這種移轉通常沒有足夠的緩衝時間。革命成功，統治者換班，但民眾還是原來那些人，沒辦法即刻換一個腦袋來適應新的秩序（如果有秩序的話）。如果你只以先進國的尺度做為唯一的、普遍的尺度來測量你的社會，如果你不能理解、尊重民眾原有的思惟與感情，那麼任何新秩序的建立，都將伴隨著暴力（為了排除舊秩序），而且基本上就是國家的暴力。

當一個城市的統治者宣稱要整頓市容（而且也取得法律的正當

性並具有多數民意基礎），於是警察就可以對相對弱勢的邊緣族群（比方攤販）採取驅離、取締（或索取放水費、保護費），並不管這些人是否將失去僅有的生存空間；或為了國家的一時性慶典（比方舉辦奧運或博覽會）而強迫大量民眾永久搬遷（完全不需徵求同意），統治機器都會反覆強調：沒有破壞就沒有建設，沒有建設就沒有未來。誰的未來？

所以班雅明提醒我們，一切法律或秩序的根源，總是包藏著暴力。從暴力而來的法律體系，必然也同時種下暴力的種子。不同國家、種族、宗教之間的傾軋，更是教那暴力的種子隨時發芽、隨處開花結果。基督教和伊斯蘭教之間的衝突，年深日久，無時或已，就是最顯著的例子；而所謂全球化的趨勢，直接壓迫、挑釁許多封閉的體系，所引發的暴力更是觸目驚心。

文化人類學者中澤新一（Nakazawa Shinichi）對「九一一」攻擊的回應可以給我們足夠的警醒：「以壓倒性的非對稱所構築而成的現今的文明，由於擁抱著潛在的恐怖暴力威脅而享受繁榮，因此文明最深遠的後台不斷上演的，正是殘酷的彈壓與殺戮的戲碼。」以暴易暴，只是先進國的暴力一向披著人道、理性、正義的外衣（所以多數人不知道美國才是世界頭號恐怖主義國家），而面對全球化威脅進退失據的伊斯蘭社群，其只能以最原始也最野蠻方式回應的人民，則被妖魔化為兇殘暴徒，世界公敵。

谷崎之輩的文化人，包括不世出的大學問家南方熊楠（Minakata Kumagusu）、民俗學者柳田國男（Yanagita Kunio）與折口信夫（Orikuchi Shinobu）所致力的，正是力抗那一味取法歐美、忽視本土的傾斜風潮，只有本於日本民族的思惟，用日本的方法，建立屬於日本的學問，始有可能真正了解日本，或者那個有別於諸外國的日本的特殊性，進而調和日本與外來文明的扞格。這項行動，正是在源頭上摘除暴力種子的嘗試。

所以谷崎潤一郎《陰翳禮讚》通篇要抒發的，不是「日本雖然沒有歐美現代化，可是日本的美（或日本人的美意識）卻勝過一切」或「外來的新生事物粗暴地破壞了古老的日本的美」之類的牢騷，而是，我認為，意在言外的、不帶排他性的樸素問句：「當我們義無反顧地追求進步時，能否冷靜自省，我們的一切營為，是否同時也讓我們的世界變得更美，生活品質變得更好？」並宣示重新取回幾乎要讓渡給他者的、對於美的詮釋權。

當然，對許多只知道要當下的新、快、大、多的人而言，他們的美好，並不是其他人的美好。

陰翳礼讃

陰翳禮讃

時至今日，熱中於大興土木蓋一棟純日本風房舍來住的人，對電線、瓦斯、水管等的安置方式無不大費周章，務求讓這些設備與日式風格的房間調和。即便自己家中沒整建過房屋，只要到有藝妓表演兼吃飯應酬的旅館之類地方，一進和式房間，也應該很容易就會注意到這一點吧！除非閣下乃茶人之流遺世而獨立的隱士，對科學文明的恩澤視若無睹，執意在偏僻的鄉下蓋一座草庵安身立命；否則，只要是攜家帶眷，又住在都會區，就算是再怎麼無法忘情日本風，也不得不擁抱現代生活必備的暖房、照明、衛生設備。因此，講究的人連電話機的擺放都大傷腦筋，不是想辦法藏到樓梯背後，就是放到走廊的角落，總之，想盡辦法挪到不顯眼的地方。此外，諸如將庭院的電線埋到地下，房間的電燈開關藏在衣櫃或壁櫥裡，電線隱蔽在屏風後方等等，為了追求美感絞盡腦汁的行止不勝枚舉。其中亦有人走火入魔，過於神經質，反而讓人感到過猶不及。例如電燈，事實上早已是我們看慣的東西，與其多此一舉遮遮掩掩，倒不如裝上那老式、附著淺碟反光罩的乳白色電燈，燈泡裸露在外，看來反而比較自然、樸實。夕陽西沉之際，當我們由火車的車窗眺望鄉村景色時，每每可以看到那以茅草為頂的農家，紙門上透著這種老式電燈的點點燈影，倒也別有風情。但如果是諸如電風扇之類的東西，不管它發出的聲響抑或它的長相，至今仍與日本和室格格不入。若只是一般家庭，不喜歡的話不要用就好，要是專做夏天生意的店家，則往往無法顧及店主人一己的好惡。我的好友偕樂園主人（譯註：原名笹沼源之助，為谷崎之終生好友，經營中華料理店「偕樂園」）是個對品味相當講究的人，由於厭惡電風扇，以致客房內久久未曾安置。然而，每年夏天一到，因為客人抱怨連連，最後不得不屈從使用。即如區區在下，幾年前投下一筆與自己身分不相稱的金額整建家屋時，也有過類似的經驗。由於在門窗、器具等枝微末端的小地方都琢磨再三，因而遭遇種種困難。例如，即便只是一扇窗子，也因個人喜好，不想嵌上玻璃。雖說如此，若要徹底的採用紙窗，又會因為採光與門戶安全等等原因，產生種種不便之處。不得已，只得內側糊紙，外側仍安上玻璃。也因此，外側、內側、窗槽都必須做成兩道，徒增費用。然而，費盡心思的結果，由外往裡看，窗子依舊只是普通的玻璃窗，由內往外看，則因為紙後有玻璃之故，一點紙窗特有的蓬鬆柔和之感都沒有，令人每覺大煞風景。早知如此，不如只裝一道玻璃窗就好！無可挽回之際方覺後悔。若事不關己，如此愚行，真可令人捧腹大笑；但當自己乃事主之際，卻又不到黃河心不死。近來，市面上販售著種種適合日本和室氣氛的電燈樣式，諸如四角燈籠形的、提燈形的、八角形的、燭台形的等等。即便如此，卻沒有一種我看得上眼的，我不得不從骨董店找來古早的油燈、吊燈、枕邊燈，將之裝上燈泡來用。最令我花費心思的是暖房的設計。之所以如此說，不外東西只要一被冠上某某暖爐之名，便沒有任何造型可以與日本和室風格調和。其中，瓦斯暖爐不僅會發出低吼的燃燒聲，何況如果不裝煙囪，頭痛馬上襲來。在這一點上，電暖爐雖說堪稱理想，但外觀的不雅緻，卻與瓦斯暖爐半斤八兩。將電車上用的暖氣機裝在壁櫥之中不失為一良策，然而如果看不到紅紅的火光，冬天應有的氣氛盡失，而且家族相聚之時也不能有圍爐之樂。我絞盡腦汁之後，訂做了一個如同農家使用的大火爐，裡頭裝上電熱器。這爐子燒開水也好，溫暖房子也罷，都極為方便；除去價格稍貴的缺點外，這項設計看來還算是成功的。就這樣，暖房設備的問題大致順利解決了，接下來令人頭痛的則是浴室和廁所。偕樂園主人由於不喜歡在浴槽和地板都貼上磁磚，客人用的浴室，全部採用木造。不用說，從經濟與實用層面來看，磁磚無論如何都是好處多多，只是當天花板、柱子、壁板等都使用上好的日本木材時，如果只一部分採用磁磚，磁磚的光鮮亮麗怎麼說都與整體不搭。剛完工時可能還好，但經過歲月的洗禮後，壁板與柱子的木紋開始散發出木頭特有的風味時，磁磚依舊白光瑩瑩，那就有點不倫不類了。不過，浴室到底可以為喜好而犧牲幾分實用價值，但說到廁所，麻煩可大了。

二

每回我造訪京都或奈良的寺院，被人引領到光線朦朧又一塵不染的舊式廁所時，對日本建築的難能可貴之處，每每有更深一層的體悟。說起令人精神安穩的效果，茶室雖也不錯，但實在比不上日本的廁所。日本的廁所一定建在離主屋有一段距離之處，四周綠蔭森幽，綠葉的芬芳與青苔的氣味迎面漂漾。雖說必須穿過走廊才能到達，但蹲在幽暗的光線之中，沐浴在紙門的微弱反射光下，不管是冥想沉思，抑或眺望窗外庭院景色，那種心情，實難以言喻。漱石先生將每日早晨如廁列為人生一樂，雖說眾人皆說此乃因生理的快感，但除了享受這樣的快感之外，世上有什麼地方，能如同日本的廁所一般，讓人在閒寂的四壁與清幽的木紋圍繞下，雙眼盡覽藍天、綠葉的風情？除此之外，或許話嫌絮煩，某種程度的昏暗，與徹底的清潔，再加上連蚊子的嗡鳴都聽得到的靜寂，都是必備的條件。我喜歡在這樣的廁所中聆聽絲絲雨聲。特別是關東的廁所，由於側壁靠地板處開了扇細長的清潔口，聲音可以從那裡傳進來：雨滴由屋簷或樹梢滴下，濺落在石燈籠底座，打溼石上的青苔，再滲入泥土之中，其中過程，如在身邊。總之，廁所不管是諦聽蟲鳴也好，欣賞鳥語也罷，都是最佳場所；不僅宜於月夜，更是咀嚼四季不同風華的不二之選。歷代俳人或許都曾在此處得到無數靈感吧！因此，我不得不說日式建築之中，最可以歌賦風流的，非廁所莫屬。我輩之祖先擅於詩化一切，與其他場所相比，住宅中最不潔的場所，反而變成最雅緻的地方，與花鳥風月合成一整體，令人頓生思古之幽情。西方人打心眼認為廁所不乾淨，在大庭廣眾下都羞於啟齒，深覺忌諱，與之相較，我們可謂心思剔透，得真正風雅之神髓。如果要強加挑其缺點的話，由於廁所不設在主屋，不利夜裡如廁，特別是冬天，有傷風感冒之虞。但也正如齋藤綠雨（譯註：一八六七—一九〇四，小說家、評論家，以諷刺文字著稱）所言：「挨寒受凍是風流」，廁所的溫度越是與外頭的空氣同樣的冷冽，越是令人感到神清氣爽。飯店裡的西式廁所，那暖房裝置噴出的溫熱氣流，實在令人不敢恭維。熱中於整建茶室的風雅之士，儘管眾口同聲認為日本式的廁所最為理想，卻少有人能擁有如寺院般腹地廣大的房宅，更且，如果清掃的人手充足的話也就罷了，普通的住宅想要常保清潔，可不是件容易的事。特別是地板若鋪上木板或榻榻米，如廁的繁文縟節就別提了，即便抹布勤加擦拭，污垢依然會異常顯目，於是在廁所貼上磁磚，設置水箱及馬桶，安裝淨化裝置。雖說如此一來既衛生又省事，但相對的也與「風雅」、「花鳥風月」完全絕緣。

廁所在電燈開關按下那一瞬間便燈火通明，再加上四面皆是白花花的牆壁，漱石先生所說的生理的快感，實在難有氣氛可以讓人盡情享受。放眼望去，每個角落盡皆純白，雖說確實有潔淨之感，但卻也讓人對自己體內排出物的落著處念茲在茲。這好比膚白如玉的美人將臀部或腳丫子隨便在人前展露一樣的失禮；在我們不得不寬衣解帶之際，偏又到處亮晃晃的，這也未免太不成體統了。雖說觸目可及之處都很乾淨，卻又不免挑撥人們去聯想那看不到的部分。因此廁所這樣的地方，說來還是朦朦朧朧的，籠罩在昏暗的光線之下，何處乾淨，何處不淨，界線不要太過清楚比較好。總之，我在蓋自己的家時，雖說裝了淨化裝置，但卻沒貼半塊磁磚。我試著在地面上敷設樟木板，想醞釀出日本風的感覺，卻對便器束手無策。因為沖水式的便器幾乎都是純白磁器製成，並且再附贈一個金光閃閃的金屬製把手。如果真要說起我的理想，這玩意兒，不管是男用或是女用，最好是木製品。上頭如能塗上一層蠟當然最好，但如什麼都不塗，保留木頭的原味，在經年累月之後，木料變得暗沉，令木頭紋路開始發散魅力之時，卻不可思議地可以使人的神經放鬆。特別是，如果使用木製的小便斗，裡頭再填上青鬱的杉葉，不僅視覺效果良好，也不會發出任何聲響，可說再理想不過了。但在我還沒辦法實現上述奢侈妄念前，至少也要打造符合自己喜好的器材，將之改良成沖水式，卻因為特別訂做的話，甭說手續麻煩，所費亦不貲，因而不得不放棄。那時我有些小小的感觸：不管照明也好，暖房也好，便器也好，我對擁抱文明利器一事絕無異議，即便如此，為何不能稍稍重視我們的習慣與生活情趣，順著這些而設法加以改良不是更好嗎？

三

行燈（譯註：日式方形紙罩座燈）式的電燈業已再造流行，這是「紙」這種東西所持有的輕柔與溫潤，又重獲我們認識的結果。是我們承認它比玻璃更適於日本的家屋的證據。但便器與暖爐則時至今日，仍未見市販的樣式，有好好地做一番調和。暖房設施，則如我所嘗試般地，在爐中裝電炭最為合用。但就連如此簡單的設計，也無人製作（雖說有那乏味的電火鉢，但那和普通的火鉢一樣，暖房效果欠佳）。市面的成品，全都是不合用的西式暖爐。然而，可能有人認為，講究這些衣食住上瑣碎的趣味，是謂不知民間疾苦；只要能溫飽、盪寒即已足夠，不必苛求式樣。事實上，不管再怎麼努力忍耐，但「降雪亦覺寒凍骨」（譯註：典出西行法師（一一一八—一一九〇）之和歌。原意在描寫雖已出家，四大皆空，但降雪的日子裡依舊感到寒冷）。便利的器具擺在眼前，人們無暇講究風雅不風雅，只一味地想要沐浴在文明的恩澤下，此乃不得已的趨勢。但即使心中了然，我還是經常地思考，如果東方發展出全然有別於西方的科學文明，我們的社會樣貌，或將與今日大不相同！例如，如果我們有我們獨自的物理學、化學，那根基於此的技術、工業也將另闢蹊徑地發展，如此，日用百般的機械、藥品、工藝品，不也會產生與我們的國民性更合致的東西？不，恐怕連物理學、化學本身的原理，也會產生與西方人不同的見解；對於光線、電、原子等的本質、性能，說不定也會有別於今日我們所知，呈現另一番風貌。我不甚了解這些學理，只能馳騁想像夸夸而言，但若果實用方面的發明能朝著獨創的方向發展的話，則別說是衣食住的式樣，更進一步，對我們的政治、宗教、藝術、實業等等的形態，應該會有廣泛的影響。如此，不難推測，東方或可開創一個屬於東方獨自的乾坤。

就拿身邊的例子來看，我曾在《文藝春秋》寫過比較鋼筆與毛筆的文章。鋼筆這玩意兒，如果是古代日本人或中國人發明的話，那筆尖一定不會是金屬頭，而是毛製的。而且墨水也絕不會是那種藍色的，而是運用近乎墨汁的液體，然後設計讓這種液體由筆桿向筆端滲出。如此一來，如西洋紙般的紙張也就不適用，即便大量生產製造，最能迎合社會需求的，將是紙質近似和紙，或是如同改良半紙（譯註：和紙的一種）般的紙張。紙張、墨汁、毛筆的運用若是如此地發達，則鋼筆、墨水的流行，將不會有今日般的盛況。從而羅馬字論等主張也就無法大張旗鼓，一般人對漢字、假名文字的喜愛，也應該更加強烈吧！不，不僅如此，連我等之思想、文學或許也不用如此模仿西方，或可更向獨創的新天地突進也說不定。如此想來，雖說文具用品不過瑣事，但其影響所及之處，卻是無遠弗屆。

四

腦中盡打轉著這些事，無非是小說家的異想天開；我亦深知時至今日，時光已不可能再度倒流。因此，我絮絮叨叨，痴心妄想些今日已不可能實現的事，不過是些痴人夢話罷了！但痴人夢話歸痴人夢話，何妨想想看我們和西方人相比，到底損失如何慘重。總之，一言以蔽之，西方循著順當的方向進步，到達今日的水準；相形之下，我等則因先進文明的衝擊，不得不加以吸收，因而與過去數千年來的發展路徑大相徑庭，遂產生種種毛病與不便。當然，我們如果依然故我，則五百年前與今日在物質文明上，或許不會有太大的進展。如果現在到中國、印度的鄉下去的話，可以看到他們的生活水準可能和佛陀、孔子時代無甚改變。但，即便如此，那也不過是朝著合於自己本性的方向發展而已。而且，縱使緩慢，但仍一點一滴地在進步，有朝一日，可能不用借助他人，發明真正有利自己文明的利器，取代今日的電車、飛機、收音機。簡而言之，即使觀看電影，美國電影與法國、德國電影，陰翳與色調的調配，便互不相同。且不論演技與角色，光就攝影而言，都會在某些地方出現國民性的差異。使用同樣機械、顯影劑、底片尚且如此，若果我們擁有固有的攝影術，那將不知如何相宜於我們的皮膚、容貌、與氣候風土？如果錄音機、收音機是我們發明的，那這些產品，或許更能發揮我們的聲音、音樂的特長！我們的音樂原本便以內斂為宗，以抒情見長，一旦錄製成唱片，透過喇叭大聲播放，大半的魅力即消失殆盡。至於我們的說話方式，除了聲音小、語彙少之外，最重視的是「頓挫」；一旦用了機械，「頓挫」就完全生機盡喪。因此，我們迎合機械，反而扭曲了我們的藝術本身。相較之下，西方人由於機械原本便是在他們民間發達興盛的，現今的成品與他們的藝術配合度良好，乃理所當然。在這點上，我們實在蒙受了種種損失。

五

紙這玩意兒據說是中國人發明的，對西洋紙，我們單除了實用品之外，不會有任何感覺；但一見唐紙、和紙的紋理，總可以感受到從中散發的一種溫溫然的感覺，得以心平氣靜。即使同樣是白色，西洋紙的白與奉書紙、白唐紙（譯註：奉書紙為以楮為原料的一種高級和紙；唐紙主要指日本仿照中國製紙法所製之紙，以竹纖維為主要原料）的白便不同。西洋紙的紋理能反射光線，獨具風味；而奉書紙、唐紙的紋理，卻嬌柔的如初雪表面，蓬蓬鬆鬆，光線充溢其中，而且手感柔順，折也好疊也罷都悄然無聲，觸感如同手撫樹葉般的恬靜溫潤。我們看到閃閃發亮的東西，心情絕對無法平靜。即使是餐具等物，西方人也多採用銀、鋼鐵、鎳製品，並研磨得晶晶亮亮，然而那樣的發光物卻只會令我們感到厭惡。雖然我們也利用銀製造茶壺、杯子、酒壺等物，但絕不會如此打磨。反而，我們喜愛那表面的光澤已消失，古色古香，被氧化的發黑的銀器。下女等不解雅趣之流，將好不容易生銹的銀器，磨得光閃，反而會遭主人責罵；此類事件，不管是哪一家都可能上演。近來，中國料理的餐具，一般都使用錫製品；這恐怕是因為中國人也對錫製品的古色古香情有獨鍾吧！錫器新的時候看起來像鋁，給人的感覺並不怎麼好，但一經中國人之手，馬上會被炮製出古趣，非得讓它化身為雅緻之物不可。並且，錫器表面上雕鐫的詩句等等，隨著錫皮氧化發黑，相互映襯的效果愈佳。總之，錫這種原本輕薄光鮮的輕金屬，一到中國人手裡，便會如朱砂般湛深深、鬱沉沉，搖身變成莊重大器。中國人另外也愛賞玩一種叫玉的石頭，玉石內含奇妙的微微濁光，彷彿將幾百年的古老空氣凝結為一。這種醇厚的光芒滲透到其內部深處。會被這種石頭的魅力擄獲的，恐怕只有我們東方人吧！這種石頭，既無紅寶石、綠寶石般的色彩，亦無鑽石般的光輝，何有可人之處？其中緣故我們也難解其詳，但只要一看那曖曖內含光的表面，便會覺得這確是屬於中國的石頭，讓人覺得那醇厚的晦昧中，堆積著中國文明在悠長歲月中所淤滯的沉澱；中國人之所以愛其色、好其物，這點，倒非不可思議之事，可以理解。即使是水晶，近來由智利大量輸入，但與日本的水晶相比，智利產的太過晶瑩剔透。過去甲州產的水晶，透明之中，全體尚帶有些許的朦朧，更給人以雅重之感，因而被稱為「草入水晶」云云。水晶內裡混入不透明的固狀物，我們是不惡反喜。就連玻璃，中國人擅製的乾隆琉璃，與其說是玻璃，不是更接近玉或瑪瑙嗎？製造玻璃的技術，很早便為東方所知，然而卻終究未如西方般地發達；而陶器方面的長足進步，無疑與我們的國民性有相當大的關係。我們並非一概厭惡亮光光的東西，只是比起鮮亮的顏色，更為偏好沉鬱陰翳的東西。不管是天然的石頭也好，人工的器物也罷，一定必須泛著古色古香的光澤，帶著晦濁的光芒。而所謂的「古色古香的光澤」，說實話，不過是手漬的油光。中國有「手澤」一詞，日本則有「なれ」一語，均指人手經年累月碰觸之處，在被撫摸得滑碌碌的同時，皮脂自然滲入其中所形成的光澤；換句話說，也正是手漬沒錯。如此看來除了「挨寒受凍是風流」之外，風流亦即「不入流」的警句也得以成立。總之，在我們所喜好的「雅緻」之物中，不可否認，其中有幾分的不潔、不衛生的成分參雜在內。與西方人非將污垢清除得一塵不染相比，東方人反而將之鄭重的保存下來，並且就此美化。如此說法，說是嘴硬強辯也罷！但我們卻命中注定喜愛人的污穢、油煙、風雨的污垢所附著之物，乃至對能讓人聯想到此類物品的顏色、光澤亦愛屋及烏。一旦生活在這樣的建築物、器物之中，奇妙地，我們的心情也隨之和緩，神經也不再緊張。因此，我一直認為，醫院牆壁的顏色、手術服、醫療機械等等，只要是服務對象是日本人，不要老是用一些亮晶晶或白皚皚的顏色，色調稍微暗些、柔和些的話，不知如何？如果那牆壁是砂壁（譯註：一種上頭塗著各色砂粒的牆壁，多用於和室壁龕）之類的牆壁，又讓人躺在和室的榻榻米上接受治療的話，那患者的不安，確實能得以鎮靜。人們之所以不喜歡去看牙醫，一則是因為鑽聲刺耳尖銳，一則是由於玻璃、金屬製品過多，閃閃發光，令人心生恐懼之故。在我重度神經衰弱之時，聽一位牙醫師說是留學美國，並且自詡擁有最新式的設備時，反而毛髮為之悚然。之後，我找到一個看似跟不上時代的牙醫師，他的手術室設於鄉下小都會常見的舊式日本家屋之中，這樣的診所反而讓我欣然以赴。雖說如此，如果連醫療機械也古意盎然的話，說擔心確是令人擔心。但如果近代的醫術成長於日本，那醫療病人的設備、機械也理應會考慮到如何與和室調和吧！這也是我們假借他人之手而蒙受損失的一例。

六

京都有間有名的料理屋叫「草鞋屋」，直至最近，這店家以不在客房裡裝電燈，因使用深具古風的燭台而遠近馳名。今年春天，睽違多時後再去一看，曾幾何時已使用起行燈式電燈來了。一打聽何時做此改變，得到的答案是去年開始。店家反應，由於許多客人抱怨蠟燭的燭火太暗，不得已只好改弦易轍，但如果客人覺得以前的作風比較合口味，會拿燭台過來。說來，我是特地為了尋此樂趣而來，因此要求更換成燭台。當下，我感到，日本漆器的美，只有置身於朦朧的微光中，始得以發揮得淋漓盡致。「草鞋屋」的和室為約四張半榻榻米大的茶席，小巧玲瓏；由於壁龕的柱子與天花板等都黑黝黝的，因此即便使用行燈式電燈，不管怎說都會覺得暗。然而，如果改用更加暗些的燭台，則在燭火搖曳閃爍的光影下凝視托盤、椀，將會發現這些漆器原本如同沼澤般深沉厚重的色澤，將散發出前所未有的魅力。因而可以理解到，我們的祖先發現漆這種塗料，並且之所以對塗漆器物的光澤情有獨鍾，並非偶然。據友人沙巴魯瓦魯（譯音）君說，印度至今仍厭惡使用陶器為食具，大多使漆器。我們則與此相反，除非是茶會、儀式等場合，除托盤與湯椀之外，幾乎全用陶器。一提到漆器，便被視為庸俗、不雅緻，其原因之一，不便在於採光、照明設備所帶來的「明亮」之故嗎？事實上，如果不將「幽暗」列入條件的話，可以說絕無法體察漆器之美。當今，雖也開發出了如同白漆般的產物，但傳統的漆器表層不是黑色、就是茶色、紅色，這些顏色都是由數層「幽暗」所堆疊而成。這令人不禁思量，這些色彩，乃黑暗籠罩周圍下必然的產物。匣子、書案、架子等物，若上頭塗著閃閃發光的蠟，再施以炫麗的蒔繪（譯註：日本的傳統技藝。藉漆的黏性，將金、銀等金屬粉末噴撒，固定在漆器表面，以構成圖案）等，會讓人不由覺得俗艷、心神不寧，甚至讓人覺得俗不可耐。但如果將籠罩這些器物的空白，塗滿黑黝黝的幽暗，以一盞明燈或一點燭光取代太陽或電燈的光線，如此一來，那俗艷之物將忽而搖身一變，化身為難窺堂奧、古雅、莊重之物。古時的工藝家在這些器具上塗上漆、畫上蒔繪時，腦袋裡一定是以在這樣的黑暗房間中，在光照微弱之中尋求效果為前提。之所以大量的運用金色，也是考慮到在黑暗中醒目的程度及反射燈火的功效。換句話說，金光閃閃的蒔繪並非讓人在明亮的場所，一目了然地洞穿全體的東西，而是在黑暗的場所，讓人在不同時候，一點一點的觀賞各個部分的曖曖內含光。由於它豪華絢爛的模樣大半隱沒於黑暗之中，因此更能催散出不可言狀的餘情韻味。而且那表層的熠熠光澤，如置於暗處，上頭反照著的燈火，焰苗裊裊搖曳，似乎提醒我們，再怎麼寂靜的房間，亦有清風徐來，不覺領人陷入冥想。若幽室內無漆器，則那燭光、燈火所釀造出來的光怪夢幻世界，那燈焰的晃動所報知的暗夜的脈搏，不知魅力會減殺幾分？漆器真宛如淌流在榻榻米上的數道小溪所湛湛蓄積的池水，四下捕捉孤燈倒影，如絲如縷、幽幽渺渺，忽隱忽現，像是在黑夜上織出如蒔繪般的花紋。雖說陶器用做食器也不壞，但陶器上既無漆器般的陰翳，也缺乏深度。陶器觸手沉重冰冷，而且由於導熱快所以不宜盛熱物，再加上響聲清脆，不像漆器手感輕盈、柔和，並且不會發出刺耳的聲音。手持湯椀時，手掌承受湯汁重量的感覺以及微溫的溫度，比什麼都令我著迷。那感覺甚而令我聯想起手掌中捧著剛出生的嬰兒那軟棉棉的肉體。盛湯的椀至今仍沿用漆器的理由正在於此，陶製容器無法有如此效用。首先，打開蓋子時，陶器會令內裡的湯汁用料與色澤暴露無遺。漆椀的好處，首先，便在於由揭蓋至入口之間，凝視著幽暗深邃的底部，目不轉睛的看著與容器的顏色相差無幾的液體，不發聲響地往下沉澱的那一瞬間的感覺。雖說人們無法辨識黑黝黝的椀中有何乾坤，但手上可以感覺到湯汁緩緩地晃動，並且由於椀邊沾附著的小水滴，得知湯汁的熱氣不斷地往上竄。而熱氣所帶的香味，也讓我們能在入口前先稍稍預知滋味。那瞬間的感受，與西方式的將湯汁倒入淺白的盤子後再取用相比，其相差不可以道里計。不能不說那是一種神祕、充滿禪味的感受。

七

將盛著湯的椀放在眼前，椀發出的吱吱細鳴沁人耳際；當我邊聽著那如蟲鳴遠處的聲響，邊將心思沉潛在那即將入口的食物滋味時，每每會覺得自己已證入三昧境相。據說茶人可由茶水鼎沸的聲音聯想到山頂的松風，進而遁入無我之境。我的感受，只怕與此類同。日本料理被說是不是用來吃的而是用來看的，每聽此言，我都想回答說日本料理不只是適於看，更適於冥想！之所以如此，乃源於蠟燭閃爍的燭焰與漆器在黑暗中所合奏的無聲音樂。夏目漱石先生在《草枕》中曾經讚美過羊羹的顏色，如此說來，羊羹的色澤不正也適於冥想嗎？那黝黝又如玉般半透明的表層，彷彿要將陽光吸收至內部深處一般，讓人覺得帶著如夢似幻的微光。羊羹色澤的深邃、複雜，是西式點心所未能得見。奶油等物與此相比，不知多麼膚淺、單調。然而，即使羊羹已具備如此的色澤，若將它置入漆器點心盒中，表層的黝黑一沉入難以辨識的漆黑之中，將越發引人冥想。當人們將那冰涼滑溜的羊羹含在口中時，會感覺到室內的黑暗宛若化做一顆甜美的方塊融化於舌尖，即便原本不怎麼好吃的羊羹，味道也會因此增添幾分異樣的醇厚。舉凡料理的色澤，不論任何國家，多少都會講究配合餐具或牆壁的顏色。日本料理如在明亮的場所，置於雪白的餐具食用，恐將令人食欲減少大半。拿我們每天早上喝的紅味噌湯為例，考論它的顏色，就可明白它是古時光線灰暗的住家中發展出來的東西。我曾受邀參加某茶會，會中上了道味噌湯，那赤褐色的濃稠湯汁平時飲用時雖從不引人留意，但在朦朦的燭火下，看到湯汁沉澱在黑色漆椀裡，實在讓人覺得那顏色既引人深思又秀色可餐。此外，以醬油之類為例，京阪地方在食用生魚片、醬菜、燙青菜時使用口味濃郁的「溜醬油」，那黏稠又帶光澤的油汁，多麼饒富陰翳，與幽暗多麼調和！另外，諸如白味噌、豆腐、魚糕、山藥泥、生魚片的白肉切片等，這些表皮是白色的食品，如置於明亮的處所，色澤也無法引人垂涎。再怎麼說，即使拿白米飯為例，以黑黝黝的木製飯盒裝盛，再置於暗處，不僅視覺上美觀，亦能刺激食欲。那剛炊熟的純白米飯，若我們猛然揭開鍋蓋，在熱騰騰的水氣由下竄起之中，將之盛入黑色器皿。如此，那一顆一顆如珍珠般泛著光的米粒入眼時，只要是日本人，任誰也會感受到米飯的珍貴！如此想來，我們可以明白，我們的料理之所以往往以陰翳為基調，與幽暗有著切也切不斷的關係。

八

對於建築，我完全是門外漢。西方教堂的哥德式建築，據說其美觀之處在於屋頂高高尖起，尖端沖天而立。與此相反，我國的寺院，會先在建築物上覆蓋大片脊瓦，全體結構均籠罩在頂棚延展出的深廣陰影中。不僅寺院，即使是宮殿或庶民的住宅，外部看來最搶眼的，也是或瓦或茅修葺的大屋頂，以及漂蕩在那頂棚下的濃濃暗色。有時，雖說是白晝，屋簷之下卻如同洞穴一般，黑漫漫的，甚至時而連門口、門扇、牆壁、廊柱也都幾乎無法辨識。這點，不論是知恩院、本願寺般的宏偉建築也好，草鄙農家也罷，無一不是如此。昔日大部分的建築，屋簷以下與屋簷以上的屋頂部分相比，至少我們眼中看來，屋頂讓人感到既沉重又高聳，而且面積也大。如此，我們營造住居最重要的是打起這把叫屋頂的傘，好在大地上撒落一團日蔭，在淡淡暗影中建造家屋。當然，西方的家屋並非沒有屋頂，但他們的屋頂與其說是為了遮蔽陽光，莫若說主要是為了抵擋雨露；為了盡量避免陰影的產生，內部會盡可能地裸露在日照中，這點，光看外形也能理解。

如果說日本的屋頂是傘，那西方的屋頂則只能算是帽子。而且帽緣如獵帽般小的不能再小，陽光馬上會直射屋簷邊。然而，日本家屋的屋頂頂棚之所以寬長，恐怕與氣候風土、建築材料及其他種種因素有關。比方說，日本家屋因不使用磚瓦、玻璃、水泥等物，為了防範橫向吹打的風雨，因而或許有必要加深頂棚。對日本人而言，明亮的居室當然比幽暗的房間便利，但終歸別無選擇。然而，所謂的美往往由實際生活中發展而成，我們的祖先不得已住在陰暗的房間裡，曾幾何時，竟由陰翳中發現了美，最後更為了美感，進而利用了陰翳。事實上，日本和室的美完全依仗陰翳的濃淡，除此之外別無他途。西方人看到日本和室，為其簡素所驚，之所以會覺得除灰牆之外別無其他裝飾，誠然情理中事，因為陰翳對他們而言乃不解之謎。我們則非僅如此，更甚而在太陽光線難以透進的和室，於外側或搭建衍展屋簷而成的土庇，或附建走廊而成緣側，讓日光更形迴遠。如此，反射自庭院的光線滲過紙門，悄悄沁入室內，熹熹微微。我等和室之美，其要素無非在於這間接又于徐的光線。為了讓這纖弱、靜寂又虛無縹緲的光線，靜靜地停下停步，好沁入和室壁內，我們特意在和室砂壁上塗上暗色系的顏色。倉庫、廚房、走廊等處，雖塗著有光澤的色彩，但和室牆壁幾乎都是砂壁，這些砂壁大都塗著無法反光的色彩。若可以反光的話，那昏昧光線下柔和纖弱的韻味將消失殆盡。我們隨處可見若有若無的陽光附在昏黃的壁面上，艱辛地苟延殘喘，那纖細的微光令人趣味盎然。對我們而言，這壁上的微光，或者說微暗，更勝任何裝飾，實在令人百看不厭。如此，這種砂壁為了不攪混那微光，塗上單一又無花紋的色澤，亦是理所當然。雖說每間和室的底色都各自不同，但差異極其微小。那種差異與其說是顏色不同，不如說是濃淡上的些微之差，差異的程度不過在於觀者的感受各自不同。而且，砂壁顏色的些微之差，也多少讓各個房間的陰翳帶著不同的色調。我們的和室都會設置壁龕，用以懸掛字畫、擺放鮮花，但這些掛軸、鮮花本身與其說是用來發揮裝飾的功能，不如說主要是用以加深陰翳的效果。即使僅是一幅掛軸，我們也會留意掛軸與壁龕壁面的調和，亦即首先重視「襯映效果」。我們將裱具的重要性，視之等同於構成掛軸內容的書、畫巧拙，實在是因為此故。如果襯映效果不佳，無論書畫再怎麼有名，都是沒有價值的掛軸。相反的，書畫或許做為一件獨立的作品，不是什麼大不了的傑作，但有時往茶室的壁龕一掛，反而與那房間異常協調，掛軸與和室登時煥然一新。這樣的書畫，其本身殊非佳作，那到底是掛軸的哪邊發揮相得益彰的效果呢？這種效果往往產生自底紙、墨色、裱具材質的古色古香。古雅的書畫能與幽暗的壁龕、和室保持適當的平衡。我們參訪奈良、京都的名剎時，往往可以看到那被稱為鎮寺之寶的掛軸，懸掛於幽深的大書院的壁龕上。由於那些壁龕，即便白晝，亦大都有些昏暗，因此我們無法看清圖案等等，只能邊聽講解者的說明，邊循著褪色的墨跡，藉著想像力之馳騁，猜想這畫是如何之卓爾不凡。然而，古畫的模糊難辨與壁龕的昏暗不明，反而是天衣無縫的搭配；圖案的不鮮明等等，不光是讓人感到不過是細微末節的問題，更甚而讓人覺得這樣的不鮮明反而恰到好處。總之，在這種場合，那古畫不過為了承受縹緲、纖弱的光線，讓光線停留的一個典雅的「面」而已，作用不過是與砂壁相同。我們選擇掛軸，重視年代與「閒寂之趣」的理由，即在於此；而新畫，即便是水墨或淡彩的作品，不特別注意的話，即會將壁龕的陰翳破壞殆盡。

九

如果把日本和室比喻為一幅墨畫，則紙門為墨色最淡的部分，壁龕為最濃的部分。我每見雅緻的日本和室壁龕時，日本人對陰翳奧妙的理解，因材施用光、影的巧妙，往往令我嘆服再三。為什麼呢？須知和室並未為了凸顯陰翳而有特殊的擺設。要言之，只是運用簡潔的木材和簡潔的牆壁，打造出一個凹陷的空間，讓透進室內的光線在牆凹的各處醞釀出朦朧的光影。不僅如此，當我們注視充溢於壁龕木樑後方、花瓶周圍、違棚式書架下方等處的幽暗，雖然明明知道那裡除了陰影之外別無他物，卻彷彿只有那裡的空氣沉靜異常，讓人深深感到那一片黑是被永劫不變的閒寂所主宰著的。這時不禁想起西方人所謂的「東方的神祕」，大概就是指這種幽暗令人不知所措的沉靜。就連我們，少年時代時凝視客廳、書齋壁龕那陽光照射不到的深處，也會感受到一股難以言喻的恐懼與寒意。然而，其神祕的關鍵在何處？講明了，那不過是陰翳的魔法，如果清除各處所的陰影，壁龕將忽焉還原成空白無物。我們祖先的天才，就在於任意遮蔽虛無空間，自然形成陰翳的世界，產生任何壁畫、裝飾也無法媲美的幽玄韻味。這技巧看似簡單，但事實上卻是非常不容易。我們不難推察得知，諸如壁龕側窗的開設法、橫樑的縱深、框架的高度等等，都必須一在看不到的地方煞費苦心。特別是那泛在書齋紙門上白濛濛的微微光芒，總讓我不覺駐足在紙門前，忘卻時光的流逝。原本所謂的書齋，顧名思義，古時是為了在那裡讀書，而那為讀書而開鑿的窗子，不知何時，卻成了壁龕採光之用；而且很多時候，與其說是採光，不如說是濾光，側照入內的陽光，紙門先過濾一次後，光線強度也被適度地減弱了。紙門裡側在背光下映照的光芒，帶著說不出的清冷、寒寂的色調！庭院的陽光穿過屋簷，通過走廊，好不容易抵達紙門，早已失去映照萬物的氣力，彷彿血氣全失般地，只能讓紙門紙張色彩上頭泛起一層淡淡白光。我常常佇立在紙門前凝視著發亮卻毫無眩目之感的紙面。若和室坐落於寬廣的伽藍建築之中，由於與庭園相距較遠，光線更形薄弱，春夏秋冬，無論陰晴，無論早、中、晚，那白茫茫的微光幾乎不變不移。而格櫺較細的紙門，每條豎柱與格子間形成的陰影，彷彿灰塵堆積般，永久的附著在紙上，文風不動，令人驚訝。在那樣的時刻，那如夢似幻的光芒總是讓我嗟訝，而頻頻眨眼。總覺得眼前朦朦朧朧，有東西干擾視線，視力減弱。這是因為紙門微弱的反光，不僅無力驅散壁龕濃密的黑暗，反而不斷地被黑暗彈了回來，形成了一個明暗難分的迷濛世界。各位進入這樣的和室時，會不會感到滿室蕩漾的光線與眾不同？感到那光線格外珍貴、莊重？或者，會不會對「悠久」產生一種畏懼？擔心在這樣的房間裡，忘卻時光荏苒，不知不覺中歲月流逝，出來時已白髮蒼蒼？

十

另外，如走進上述的高大建築物中，進入最、最裡頭的房間，各位是否曾經看過，金隔扇、金屏風在陽光幾乎無法抵達的黑暗之中，吸收重闈之外遠處庭院陽光的餘暉，朦朧如夢般地反照？那反照的光線，宛若夕陽西墜，雖朝著四周的黑暗投射金色的光芒，但實在是強弩之末。我想黃金這東西沒有比這時候更能顯現出如此深沉悲楚的美了！接著，如果走過這些東西的前頭，可以回頭反覆重新觀察幾次，隨著步伐由正面移向側面，那以金箔為底紙的表面會悠然地炯炯發光。那絕不是一閃一閃的快速閃爍，而是如同巨人變換臉色般，驀然生威，必須長期養精蓄銳方能發亮。有時，那打光成梨皮狀的金箔，前一瞬間才反射著懶洋洋的光芒，但轉向側面時，突然會發現金光耀眼如火焚。在這麼黑的地方到底是如何聚集這麼多的光線呢?真叫人不可思議!據此,我才領會到古人將金箔黏在佛像表面,或貼在貴族起居室四壁,到底有何意義。現代人由於住處明亮,已無法理解黃金的此種美感。然而,住處幽暗的古人,對黃金的迷戀不光只是因為美感,或許更因為深知黃金的實用價值。因為在光照不明的室內,黃金絕對具備反光板的功能。總之,古人使用金箔、金砂並非僅為奢華,或許也為利用黃金的反射效果彌補照明之不足。果真如此的話,銀或其他金屬容易褪色,惟獨黃金能久保光耀照明幽室,黃金之異常珍貴,亦可以理解。我之前曾說過蒔繪是為了讓人在暗處觀看而作,如此看來,不光是蒔繪,古時大量使用金銀絲線的編織品,可得而知也是基於同樣的理由。僧侶披在身上的金花錦鍛袈裟,不便是最好的例子嗎?今日市內許多寺院,正殿大抵從眾隨俗地通透明亮,在這樣的地方,袈裟只會顯得花俏華麗而已,無論怎麼德高望重的高僧,也難以令人信服。但如寺院歷史悠久,不妨列席他們的傳統佛事看看,就會明白,老和尚佈滿皺摺的皮膚,與佛前明滅的燈火,以及金花錦緞的質地,是多麼地調和,是多麼地讓氣氛更加莊嚴!而這道理也與蒔繪相同,因為華美的綉花圖案大部分都被黑暗隱去,只有金銀絲線不時隱隱發出微光。另外，也許只是我個人的感覺也說不定，我以為世上大概再無衣物比能樂衣裳更能烘托日本人的皮膚了！不用說，能樂衣裳大多相當絢麗奪目，大量使用金銀絲線。然而，穿著能樂衣裳登台的藝人，雖然並不像歌舞伎演員般面塗白粉，但日本人特有的泛紅褐色肌膚，或者帶著淡黃的象牙色無妝臉龐，卻再沒有比這一時刻，更加魅力四射！我每次觀看能劇，總是內心嘆服！日本人的膚色不僅與金銀交織的織品、帶有刺繡的外衣等衣裳相得益彰；亦十分適合深綠色、黃褐色的素襖、水干、狩衣等禮服，或者純白色窄袖、寬袖等古代便服。有時可以看到美少年擔綱能劇演員，他們細膩的肌理、臉頰稚嫩的光澤等等，讓他們更形顯眼，並且自然散發出異於女性肌膚的蠱惑魅力，難怪古代的諸侯會沉溺於孌童的美色，理由原來在此，令人不禁恍然大悟。歌舞伎方面，雖說歷史劇與創作劇在衣裳華麗上，並不比能劇遜色，而且在性吸引力這一點上，歌舞伎一般認為更遠遠在能劇之上；但如果二者都時常觀看並熟悉後，應該會注意到事實剛好相反。稍做觀賞之際，歌舞伎的衣裳較為性感、較為華麗，這點確無異議。但姑且不論古代，在使用西式照明的今天，舞台上那炫麗的色彩，稍一不慎即淪為庸俗，觀之令人膩煩。衣裳如此，化妝亦是如此。即便是為美而妝，但一看全是人工修飾的臉龐，實在無法讓人感受到天然之美。然而能劇的演員，臉龐、脖頸、手部等，都脂粉未施以原來模樣登場。如此，演員眉目的清秀，乃是其人本來面貌，絲毫沒有使遮眼法之嫌。因此，能劇演員的旦角、小生以原本面目示人，也絕不會令觀眾意興闌珊。幕府時代的華美衣裳，乍看似乎不甚適合與我們有著相同膚色的演員；但當披在他們身上時，我們只會覺得反而讓他們的容色更加耀眼。我曾經觀看能劇《皇帝》，金剛巖氏飾演楊貴妃，由袖口管窺其手部之美，至今令人難忘。我一邊欣賞他的手，一邊屢屢細察自己擱置在膝上的手。他的手之所以看來如此之美，或許原因在於手掌由手腕至指尖的微妙動作以及技巧獨特的指法，但他的皮膚上彷彿散發自內部的光澤，究竟從何而來，卻令人百思不得其解。再怎麼說，那畢竟是一般日本人的手，與我現在擱在膝上的手，在肌膚的色澤上，沒什麼不同之處。我再三比較舞台上金剛氏的手與自己的手，不管怎麼比較，都同樣是手。然而不可思議的是，同樣的手，在舞台上，便具有甚至可稱為妖艷的美；在自己膝上，看起來卻只是平凡的手。這種情況，不僅僅在金剛巖氏一人身上可見。在能劇中，人體裸露在衣裳之外的部位極少，算來不過臉部、頸項、手腕至指尖等處而已。像楊貴妃般戴著面具的角色，連臉部都隱而不顯，因此那裸露在外的少數部位，其色澤給人的印象也特別深刻。金剛氏雖然別具魅力，但就算是一般藝人的手，或者無甚特異之處的普通日本人的手，穿著能劇衣裝時也能發揮現代服裝無法顯現的魅力，令觀者為之瞠目結舌。雖然話嫌繁複，但這現象絕不只在美少年、美男子演員身上看得到。例如平常我們不可能被普通男子的嘴唇吸引，可是在能劇之中，那暗紅、滋潤的嘴唇，其肉感的吸引力，更在口塗口紅的女子之上。這大概也與演員因為口唱歌謠，嘴唇始終為唾液所潤濕有關，但我認為原因不僅如此。另外，少年演員的面頰紅潤，看來十分鮮艷顯目。根據我的經驗，穿著綠底衣裳時，唇紅最為突出；面色白淨的少年演員自不在話下，但實際上面容黝黑的少年，其唇紅尤為顯眼。為什麼呢？這是因為白臉少年由於白與紅的對比過於鮮明，結果對暗色調的能劇衣裳來說效果反而太過強烈。而黑臉少年由於臉頰偏暗褐色，唇紅不會過於搶眼，因而衣裳與臉得以相互映襯。在素雅的綠色與古雅的茶色兩種中間色的相互掩映下，黃色人種的肌膚更能適得其所，更加楚楚動人。我不知道調和色彩而創造出的美，世上還有什麼能與之比擬；但如果能劇與歌舞伎一樣使用近代照明的話，那這些美感，恐悉數因強烈的光線而將煙飛雲散。因此讓能劇舞台仍呈古時的昏暗，是必須遵從的鐵則，而舞台建築也是越古越好。帶有自然光澤的地板，閃著黑光的廊柱和鏡板，黑暗彷彿一座大吊鐘，從橫樑衍生至屋簷，覆蓋在演員的頭頂，那樣的舞台，那樣的場所，最適合能劇的演出。從這一點來看，近來能劇在朝日會館、公會堂上演，雖是美事，但其獨特風格卻也因此消失殆半。

十一

圍繞能劇的那種幽暗與由此而生的美，今日雖是只能在舞台上見到的特殊的陰翳世界，但在古代，這陰翳卻與實際生活分不開。再怎麼說，能劇舞台上的幽暗，即是當時住宅建築的寫照；另外，能劇衣裳的花樣與色調雖說多少比實際華麗，但大體上與當時的貴族、諸侯的穿著相仿。我一思及此事，想像起古時的日本人，尤其是戰國、桃山時代衣著豪華的武士，與今日的我們相比，是多麼的美不勝收，每每因此恍惚，心緒只馳騁在這想像上。我同胞的男性美，其巔峰期的形式，正是展現在能劇之中；

古時出入戰場的武士，在風吹雨打下，顴骨突出，臉龐呈墨赭色，當他們身穿能劇般色底、光澤的素襖、大紋、裃等衣裝，那姿態是多麼威風凜凜！舉凡能劇迷，大都多多少少喜歡沉浸在如此的聯想中，想像舞台上五色繽紛的世界，過去確實如斯實際存在，在欣賞演技之外，發思古之幽情。與此相反，歌舞伎的舞台，徹徹底底是假造的世界，與我們的原生之美，毫無關係。不用說男性美，即使是女性美，我們也不認為古代女子就如今日歌舞伎舞台上所見的模樣。雖說能劇中女子的角色都戴上面具，與實際相離甚遠；但歌舞伎劇中男扮女裝的旦角，怎也欠缺說服力。這完全是歌舞伎舞台過於明亮之故。在尚無近代照明設備的時代，在歌舞伎靠著蠟燭或煤油燈的微弱燈光照明的時代，那時候男旦，或許更接近實際的女人也說不定。附帶一提，近代歌舞伎之所以無法像古代般，產生能以假亂真的男旦，未必是因為演員的容貌與資質不好。即使是昔日男旦，一旦站上如今日般燈光輝煌的舞台，那男性稜角分明的線條一定無所遁形。在古代，這些缺點可能被黑暗適度的掩蓋住。我觀看晚年的梅幸扮演「阿輕」這個角色時，便痛感於此。因而思及，毀滅歌舞伎之美的，便是多餘而過剩的照明。我曾聽大阪的戲迷提起，「文樂」中的人形淨瑠璃（譯註：日本傳統的人偶劇）在進入明治時代以後，仍使用煤油燈許久，那時的戲，餘味十足遠勝今日。我覺得即使是現在，與歌舞伎的男旦相比，淨瑠璃的人偶仍然寫實得多。若果改以昏暗的煤油燈照明，那麼人偶特有的生硬也將消失，白漆油亮的色澤也將不再刺眼，那人偶將是多麼嬌柔動人！幻想那時舞台的淒絕之美，不由寒氣逼人。

十二

眾所周知，文樂的人偶劇，女戲偶只有臉部與手指外露。胴體、腳掌都包裹於長衣裙之中，操偶師伸手入內操縱即可。我認為這樣的女戲偶最貼近現實，因為昔時的女子，只有衣襟以上與袖口以下的部分袒露在外，其他部位盡悉隱藏不以示人。當時中等階級以上的女性極少外出，即便外出，也深深潛避於乘坐物裡頭，以免拋頭露面。如果上述說法成立，那麼女性閉居在幽森的大宅院一角，不分晝夜，五體僅能埋藏於黑暗中，能展現她們身為女性的存在，可說只有臉部。即便是服飾，與現代相比，男性華麗的程度也超過女性。舊幕府時代的商家，其妻女的衣著，樸素的驚人。要言之，其原因在衣裳乃幽暗的一部分，不過是幽暗與臉部的聯繫而已。而鐵漿（譯註：當時日本婦女用於染黑牙齒的化妝品）等化妝法之風行，推查其目的，大概也是為了將臉部以外的空間盡悉填滿幽暗，因而連口腔內部也塗黑。這樣的女性美儀，今日除了像京都島原的風化場所之類的特殊場所外，事實上已不復多見。然而，小時候，母親常在日本橋家中裡間，借著庭院的微微亮光做針黹；每當我回想起母親的容顏，便能稍稍想像往昔婦女的風采。那個時候，說來也是明治二十年代的事了，直到那時為止，東京商家的房子仍是蓋得昏暗不明，我的母親、伯母、以及親戚中的婦女，那個年代的女性大抵都以鐵漿為妝。平日的衣著已記不清了，但是外出時，常穿著灰色帶著細小花紋的衣服。母親身材矮小，身高不滿五尺。不僅母親，那時的婦女，這樣的身高算是普通。不，極端來說，她們的肉體幾乎不存在。除了母親的臉、手之外，我只模糊地記得她的雙足，對於胴體，記憶全無。這讓我想起宮寺中觀音菩薩的軀體，那不正是典型往昔日本女性的裸體像嗎？薄若紙張的乳房，胸如平板，腰身小胸部一圈，背脊直挺挺的，以及無任何曲線的腰線、臀線，這樣的身軀，整體上與臉、手足相比，瘦纖的不合比例，一點也不厚實，與其說是肉體，不如說反讓人感覺像是上下粗細一樣的棍棒。往昔的女子，大概便是生做這副模樣吧！直至今日，仍能在舊式家庭的老夫人、藝妓等之中，發現擁有此種身材的婦女。看到那樣的女性，我不禁想起人偶的軸棒。事實上，那樣的軀體不過是為了撐住衣服的軸棒，除此之外什麼也不是。似乎塑造這些軀體的素材，不過是裹在身上的幾件衣服、綿料，一剝掉衣裳，便與人偶相同，只剩下不忍卒睹的軸棒。然而，在以前的時代，這樣就足夠了。對閉居幽暗深閨的她們來說，只要有一張尚稱白皙的臉蛋，身材並非必要。對謳歌健朗的近代女性肉體美的人而言，恐怕很難理解這種女性的病態美。另外，也有人說，藉昏暗的光線來遮遮掩掩，並不是真正的美。但是誠如前述，我們東方人擅長無中生有，藉陰翳之生，創造了美。正如古歌有云：「撿拾斷梗，以柴結庵；瓦解星散，荒原復現。」我們思考方式也是如此。美並不存在於物體，而在物體與物體間的陰翳與明暗之間。就如同夜明珠如置於暗處，則光彩耀人；但如曝於白日，則頓失寶石魅力。同樣的，離開陰翳的作用，便無美的存在。總之，我們的祖先將女性視同蒔繪、螺鈿等器皿，與幽暗不可或離，盡可能使之全部置留於陰蔭之中，用廣袖長裙將她們的手足緊緊裹住，只讓一個部位，也就是臉部裸露在外。當然，那不勻稱又平板的胴體，與西方婦女相比，或許顯得醜陋。然而，我們何必考慮看不到的東西。將看不到的東西視同不存在即可。順帶一提，若有人硬要窺探那醜態，正如同以一百燭光的電燈照向茶室的壁龕，焚琴煮鶴，自行驅走了原本存在的美。

十三

然而，這種在幽暗中追求美的傾向，為何獨有東方人特別強烈？西方不也曾有過沒有電、瓦斯、石油的時代？恕我孤陋寡聞，我沒聽說過他們有欣賞陰翳的喜好。自古以來，日本的鬼是沒有腳的，但西方的鬼不僅有腳，而且全身透明。從這些細微瑣事也可略知一二，我們的幻想與漆黑的幽暗密不可分，而西方人甚至連幽靈也如玻璃般透明。另外，就日常使用的種種工藝品而言，如果說我們喜愛的顏色乃幽暗積聚之色，那他們偏好的便是太陽光線疊合之色。這差別亦可見於銀器、銅器上，我們對古銹斑斑的愛不釋手，他們則認為不乾淨、不衛生，定要擦得閃閃發亮。房間也不讓陰影產生，天花板、周圍牆壁潔白亮麗。連庭院設計也不同，我們是綠樹成蔭，他們則拓建平坦的草坪。如此的嗜好之差，緣何而生？想來我們東方人傾向滿足於自己所處的環境，安於現狀，因此對幽暗並無不快，認為既然無法改變不妨泰然處之。光線昏暗，不僅任其昏暗，反而沉潛於幽暗中，並在當中發現了渾然天成的美。然而，進取的西方人卻非得不斷地謀求更好的狀態不可。從蠟燭到煤油燈，從煤油燈到瓦斯燈，再從瓦斯燈到電燈，不停地追求光亮，些微幽暗也要苦心積慮地設法排除。

雖然東西方如此的習性差異，恐是原因之一；但我想再提出一個可能，即皮膚顏色的不同。自古以來，我們也覺得白皙的皮膚勝過黑色的皮膚，但是白種人的白與我們的白，到底哪邊不同？如果一個人一個人的靠近觀察，我們雖可以發現有些日本人比西方人白，也有些西方人比日本人黑，但其中的白與黑，狀況不盡相同。以下是我的親身經驗，我曾在橫濱山手一帶住過，時常與當地的外國人遊山玩水，與他們一同出入宴會、舞場時，發現他們的白皮膚就近觀察並不覺得那樣地白，但遠處觀之，他們與日本人的差別，實在是一目了然。日本人中有些女子身穿與他們相仿的夜會服，皮膚的雪白更勝他們；但這樣的女子只要一混跡他們之中，即使僅只一人，遠遠望去即能分辨清楚。之所以如此，乃因為日本人的皮膚再怎麼白淨，白中總含有些許的陰翳。也因此，那些女子不甘示弱，從背脊、兩隻手的手腕到腋下，舉凡身體裸露的部位，都抹上厚厚的白粉。然而，就算這麼做也無法消除沉澱在皮膚底層的暗色。正如沉澱在清澈水底的污物，由高處俯視，格外分明，清晰異常。尤其是手指間縫、鼻翼周遭、頸項、背脊等處，會產生黑黝黝的陰影，好似積累著一層塵埃。然而西方人即使皮膚表面暗濁，但底層卻光亮剔透，全身上下都找不到像這樣看來不甚乾淨的陰影。從頭頂到指尖都白白淨淨。因此在他們的集會中，只要有我們的人涉足其中，就像白紙上滴了一點薄墨，即便是在我們眼裡，那人也有些唐突，看了不會太愉快。由此看來，不難理解過去白種人排斥有色人種的心理。在白種人中特別神經質的，如果在社交場裡發現一點污斑，哪怕只是一、二個有色人種，恐怕也會坐立難安吧！說到這裡，今日狀況如何我並不清楚，過去在迫害黑人最甚的南北戰爭時期，白種人憎恨、蔑視的對象，據說不僅限於黑人，也波及黑人與白人的混血兒、混血兒之間的後代、混血兒與白人的子女等等。即使混血兒血中僅有少許黑人的血統，他們也窮追猛打，追究到底是二分之一的混血兒，抑或是四分之一的混血兒，還是八分之一、十六分之一、三十二分之一的混血兒，不迫害到底勢不甘休。即使混血兒外表與純種白人無異，只要二代、三代前有一個祖先是黑人，只要那純白的皮膚之中，參著一點點的色素，便逃不過他們偏執的雙眼。因而，思及以上種種，便可知我們黃色人種與陰翳的關係是如何的根深柢固！不管是誰都沒有人願意讓自己身處醜惡的狀態之中，也因此我們自然而然地，對衣食住的日用品，喜歡使用暗色系之物，並喜歡將自身沉浸在昏暗的氛圍之中。但這並非因為我們的祖先自覺他們的皮膚中暗含陰翳，也並不是因為知道有膚色白過他們的白種人的存在；只能看做是他們對顏色的感覺，自然讓他們產生這樣的嗜好。

十四

我們的祖先將明亮的大地區隔成上下四方，首先創造出的，是陰翳的世界。而之所以將婦女安置於幽暗深閨，大概是深信她們是這世上膚色最為白皙的吧！如果皮膚白皙是至高女性美不可或缺的條件，那麼我們除此之外別無他策，不得不如此處理。白種人的頭髮是亮色，我們頭髮卻是暗色。大自然教導我們幽暗的理法，但古人無意之中，依照這套理法，悟出讓黃臉美白的方法。我剛剛有寫過鐵漿染牙之事，另外古時婦女剃去眉毛，不也正是為了凸顯臉部的手段嗎？而最讓我拍案叫絕的，是那虹彩青色口紅。這東西今日連京都祇園的藝妓也幾乎不用了。這種口紅，如果不想像有蠟燭忽明忽暗的微光相伴，就難以領會它的魅力。古人故意將婦女的紅唇塗滿青黑色，又黏貼螺鈿，為的是讓豐艷的臉龐面無血色。當我想到華燈搖曳的燈影下，嫣然一笑的女郎，輕啟那青色的嘴唇，黑漆色的牙齒若隱若現，閃爍著如同鬼火般的光芒，一思及此，便覺得再也沒有比這樣的臉更白了！至少那樣的臉龐在我腦海裡所描繪的幻影世界中，比任何白人女子的白還要來得白。白人的白是透明、一目了然、隨處可見的白。但這一種白卻非人間所有。或者說這一種白，實際上根本不存在。或許只是光與影的惡作劇，只能是曇花一現也說不定。但是對我們而言卻已足夠，別無奢求。在此，除言及這樣的白臉外，我也想談談籠罩白臉四周的幽暗。那已經是數年前的事了，我領著東京來的客人到京都島原的角屋遊覽，那時所品嘗到的幽暗，至今不可或忘。那是間叫「松之間」的寬敞和室，後來因失火燒毀，燭台的熒熒燈火，在偌大房間中，幽暗、濃稠的與小和室迥然不同。我一進入那房間，一個剃眉、染黑牙的年長女侍，安著燭台在大屏風前迎候。燭火澤及的光亮世界僅約兩張榻榻米大，而那屏風後頭，黑暗由天花板鋪天蓋地而下，高大、稠密，披垂了一室黑幕；微弱的燭光，不僅無法穿透，反而像是碰到黑牆似的，被反彈回來。各位見過這種「被燈火照出的黑暗」嗎？這與夜路上的暗，性質有些地方不同。打個比方來說，這種黑暗，看來像是充滿著一粒粒具有彩虹光芒、細小如塵埃的微粒子。我甚至想它會不會飛入我的眼裡，不禁屢屢眨眼。現在，一般和室面積狹小，流行建造十張、八張、六張榻榻米大小的房間，即使點上蠟燭，也看不到此種暗色。以前的宮殿、青樓，天花板挑高，走廊廣闊，往往隔出有數十張榻榻米大的房間，這樣的屋內，總是被如霧靄般幽暗所籠罩著吧！而那些高貴的婦女，便浸漬在這種幽暗的汁液裡。我曾在《倚松庵隨筆》中寫過相同事情，現代人久已習慣於電燈照明，早已將此種幽暗拋諸腦後。尤其是室內「眼睛看得到的黑暗」，以為有什麼東西忽隱忽現，易生幻覺，有時比屋外的黑暗更令人生畏。所謂的魑魅魍魎，所謂的妖魔鬼怪，大概就是因為這樣的幽暗而幻生。如此一來，那些深居低垂帳幕，被幾重屏風、隔扇包圍的深閨婦女，不也成了魑魅家眷？幽暗恐怕將這些婦女十重、二十重的團團圍住，衣襟、袖口、裙裾的縫隙等等全身的空隙都無一遺漏。不，事情也許剛好相反，幽暗說不定源自她們體內，由那牙齒染黑的口中，由那黑髮的髮尖，如土蜘蛛吐蜘蛛絲般，傾吐而出。

十五

前幾年，小說家、翻譯家武林無想庵（譯註：一八八〇—一九六二，小說家、翻譯家，晚年失明，仍以口述方式創作不輟）從巴黎歸來，談到與歐洲都市相比，東京、大阪的夜，遠為明亮。在巴黎等地，即使是香榭麗舍大道正中央，仍有人家點著煤油燈。可是在日本，不到深山僻野，是看不到這樣的人家。世上恐怕只有美國和日本，電燈如此氾濫成災吧！這也說明了，日本這國家不管什麼，只一味的模仿美國。四五年前，無想庵說這些話時，霓虹燈尚未流行；下次他再回國，想必更加吃驚，發現夜景越發光亮！另外，從改造社的山本社長那裡聽說，他曾陪同愛因斯坦博士前往京都、大阪，途中，搭火車經過石山一帶時，愛因斯坦眺望車窗外景色，說，「唉，那裡真是太不經濟了！」問其原因，原來是指那裡的電線桿等地方，大白天也點著燈。「愛因斯坦是猶太人，所以很在意這些小地方，」山本氏如此詮解。然而，不提美國的話，與歐洲相比，日本毫不顧忌地大量使用電燈，似乎是事實。說到石山，還有一段趣事。今秋，我在研究去哪裡賞月較好，千思萬慮之下，終於決定前往石山寺。但在十五的前一日，報紙上刊了一篇記事，說石山寺為了增添明晚賞月遊客的興致，特地在林間安裝揚聲器，播放月光奏鳴曲的唱片給大家欣賞。我看了這一則報導，便立刻取消石山之行。揚聲器雖然煞風景，但主要是想到，如此一來，為了營造熱鬧的氣氛，山上一定到處都裝飾著電燈、燈飾。以前我也曾有賞月敗興而歸的經驗。某年中秋夜，我興起前往須磨寺池中泛舟的念頭，呼朋引伴，眾人帶著餐盒到那兒一看，湖泊四周，被五顏六色的燈飾花枝招展的團團圍住，月光似有實無。思前想後，真覺得近來我們已對電燈失去戒心，對照明過剩的問題，好像絲毫沒有任何感覺似的。賞月時也就罷了，但廳房、料理屋、旅館、飯店等地方，都太過浪費電力了。就算是為了招攬客人而有這需要，但比方夏天，天未黑就開燈，不僅浪費，還會增添暑氣。一到夏天，無論到哪兒，我都為這問題頭痛。室外明明涼風徐徐，但室內卻酷熱不堪，百分之百不是因為電力過強，就是因為開太多燈。只要試著關掉一部分，立即就清涼許多。不可思議的是，無論主、客，竟無人發現這點。室內的燈光，冬天原本便應該亮一些，夏天原本便應該暗一些。如此一來，不僅清風徐來，昆蟲也不會飛進來。然而，就是有人要猛點多餘的電燈，待炎熱難挨後，再大開電風扇。這種做法，想到就令人搖頭。尤其，如果是日本和室，由於熱氣可由側邊散走，因此尚可忍耐；但如果是飯店的西式房間，由於通風不良，加上地板、牆壁、天花板均會吸收熱量，再四面八方的反射回去，那實在便熱得令人受不了。拿來當例子舉雖然有點不厚道，但如有人夏天夜晚去一趟京都都城飯店的大廳，我想就會對我這種說法產生同感。那飯店坐落於面北的高台上，比叡山、如意嶽、黑谷之塔、森及東山一帶的翠巒，都盡收眼底，令人賞心悅目，但正因如此，也更令人惋惜。夏日傍晚，人之常情，總會想要瞻眺山紫水明，沉浸於心神俱爽的氣氛中，但欽慕滿樓清風的人們到此一看，只會看到雪白的天花板上，到處都鑲嵌著碩大的乳白玻璃罩，刺目的電燈，在裡頭放出熊熊焰光。再加上最近的西式建築天花板低矮，因此頭頂不遠處彷彿有火球在打轉，那何止是熱，身體各處，越靠近天花板的地方溫度越高，活像被人由頭、而頸、而背脊的烤了下來。這樣的火球其實只要一顆，就足以照亮整個房間，但是這玩意卻偏偏有三、四顆明晃晃的掛在天花板上。除此之外，還有數不清的小傢伙攀附在牆壁、廊柱上；這些小傢伙除了消除各個角落的陰影外，別無用處。也因此，室內看不到一點陰影，四目望去，只見白色的牆壁、紅色的粗柱、馬賽克式的五彩地板映入眼簾，宛若剛印好的石版畫，這又讓人更覺酷熱難當。從走廊走進大廳，溫差判然不同。在大廳，即使清涼的夜風吹了進來，馬上會變成熱氣，起不了什麼作用。這家飯店我以前常住，由於掛心不下，在這裡提出善意的忠告。事實上，這家飯店乃眺望名勝、避暑乘涼的好去處，但可惜，電燈破壞了這一切。日本人肯定同意我的觀感，就算是西方人，再怎麼喜好明亮，也一定對這樣的燠熱束手無策。不管怎麼說，不妨試著減少燈照一次看看，想必他們馬上便會贊同。這裡雖僅舉一例，但同樣的狀況，並不限於這間飯店。只有使用間接照明的帝國飯店沒什麼好挑剔的，但如果夏天燈光能再暗淡些，我想更為理想。總之，今日室內的照明，應付讀書、寫字、做針黹早已綽綽有餘，進而更被用於專門消除各個角落的陰影。然而，這樣的想法，與日本家屋的審美觀恐怕無法並存。個人住宅，由於經濟上的考量，為了節約電力，反而佈置得宜。但如果是商業用途的房子，則走廊、樓梯、玄關、庭院、大門等處，最後照明都終究安置過多，致使和室、泉水庭石讓人一眼望穿。如此的設計，冬季較為溫暖，雖也不無好處；但到夏天夜裡，再怎麼幽邃的避暑勝地，只要寄住旅館，大概便會遭逢與都城飯店相同的可悲際遇。因此，我只能在自己家中，打開了四面的雨窗，在伸手不見五指中掛起蚊帳，躺在裡面納涼。這是我悟出的無上妙法。

十六

最近，忘了是在哪本雜誌或哪份報紙上，讀到一篇報導，內容是有關英國老太太們的牢騷。她們說自己年輕時對老人敬重有加，但現在的年輕女孩，對我們卻都不理不睬，視老人如穢物，避之唯恐不及，因此大嘆世風日下人心不古。這篇報導令人感到不管哪個國家，老人說的話似乎都一樣；而且人只要上了年紀，不管何事，似乎都深信今不如昔。因此，百年前的老人傾慕兩百年前的時代，兩百年前的老人仰慕三百年前的時代，任一時代都不滿足現狀。特別是最近文化的腳步進展急遽，再加上我國另有特殊原因，明治維新以來的變遷，相當於那之前的三百年、五百年的變化。如此絮叨，我好似模仿老人的口吻，真的變老了，甚為可笑。但現代的文化設備一味取悅年輕人，讓時代漸漸地演變成不利老人，確也是不爭的事實。舉個簡單的例子，街頭的十字路以紅綠燈來指揮通行，便叫老人不能安心外出。有點地位的人以車代步，倒也無所謂。但即便我這般年紀，偶然去一趟大阪，由馬路這邊要走到那邊，也弄得渾身神經緊張。那叫人前進、停步的交通號誌，如果安裝在馬路的正中央，倒還看得清楚；但卻偏偏出人意表，弄到路端的上空，搞得讓人難以察覺是閃綠燈還是閃紅燈。如果馬路寬廣，不小心更會將側面的號誌誤認為正面的號誌。而京都竟然淪落至路口站有交通警察，我每想到這點便覺得京都完了！如今，想要體會純日本風的城市風情，只有前往西宮、堺、和歌山、福山，只有在那種程度的小都市，才能如願以償。吃的方面，要在大都會尋找適合老人口味的東西，也煞費苦心。不久前，新聞記者來我這兒，要我談談有什麼稀奇的美食，我介紹了吉野山間僻地裡的人所吃的柿葉壽司的製法。順便在此公開製法。米飯必須按米一升、酒一合的比例來煮。酒在飯鍋噴蒸汽時注入。飯煮熟，等到完全冷卻後，手沾鹽巴，緊捏成形。

這時，切記手上不可有半點水氣。祕訣在於捏製時只利用鹽巴。之後，再將醃鮭魚切成薄片，置於飯上，隨即用柿葉包起來，記得葉表朝向內側。柿葉和鮭魚都必須事先用乾布將水分全部擦乾淨。完成後，準備一個壽司桶或飯桶，裡面必須擦乾，將壽司排好，不留一點縫隙。封蓋後，蓋子上壓上醬菜石之類的重石。入味一晚後，隔天早上即可食用，這一天的滋味最可口，可存放個二、三日。吃的時候，不妨稍稍以蓼葉蘸醋灑在上頭。這是我朋友到吉野旅遊時，驚為人間美味，學會做法後再轉傳授給我的。只要有柿子樹和醃鮭魚，隨處可做。重點在於記住水氣必須完全去除，以及讓飯完全冷卻便可以了。我在家試做，果然美味可口。鮭魚的脂肪與鹽分恰到好處的滲入飯後，鮭魚肉反而如同生魚片般的柔嫩，那種感覺，難以用語言形容。東京的握壽司雖也有獨到的滋味，但對我而言，這種壽司更合口味。今年夏天，我便只以此為食。這種醃鮭魚的吃法實在出乎人意想之外。山村人家物資貧乏，這種發明，令人折服！之後，我試著打聽類似的各種鄉土料理，發現在現代，鄉下人的味覺遠比都市人來得靈敏許多，就某個角度而言，他們的得天獨厚是我們所難以想像的。也因此，有些老人漸漸看破都市生活，隱居鄉村。然而現在鄉村的城鎮也已裝上光鮮的路燈，京都般的變遷逐年可見，老人實在無法就此安心。有人指出現今的時代在文明更進一步發達後，交通工具將移往空中或地下，城市的路面，將回復往昔的寧靜。雖然有此一說，但無論如何，那時肯定又有欺侮老人的新設備出現。結果老年人還是不得外出，只得蝸居自己家中，做點小菜，喝點小酒，聽聽收音機，外面的世界已無容身之處。是否只有老人發出此種怒吼？看來並非如此。最近大阪《朝日新聞》的「天聲人語」專欄批評大阪府官員，為了在箕面公園闢築觀光道路，濫伐森林，嘲諷他們將山變得膚淺許多。讀了這篇文章後，讓我更稍稍有了一點自信。連深山濃密的樹蔭都剝奪破壞掉，實在是太過暴虐。照此行徑，奈良也好，京都大阪的郊外也罷，被稱為名勝的所在，在開放給大眾的同時，也將如此漸漸地變成光禿禿的一片。總之，這也是痴愚的一種。就算是我，對現今科技發展的可貴之處，也知感不盡。事到如今，日本已踏上遵循西方文化的路線，除了置老人於不顧勇往直前之外，別無良策。但是，只要我們的皮膚顏色不改，我們就必須覺悟，在前進的同時必將永遠背負著只有我們才有的損失。我寫這些文字的用意，在於想在某個層面，比方說文學藝術等層面，記錄下彌補這損失的可行之路。

我想陰翳的世界已漸漸離我們遠去，但至少在文學領域，我想試著將它喚回。我想將文學殿堂的屋簷加深，將牆壁抹黑，將看得太清楚的東西推回暗處，將無用的室內裝飾剝除。這樣的殿堂，我不奢望能櫛比鱗次，但如能有那麼一間，似乎也不錯！至於成果如何，不妨請君消燈一試！

懶惰の説

說懶惰

一

「懶惰」這兩個日語中少用的漢字，簡單來說便是「懈怠」。一般日文懶惰的「懶」字，可以用「懶」字取代，常常看到有人寫做「懶惰」。但這是訛字，似乎「懶惰」才是正確的。我剛剛查了簡野道明氏的《字源》，「懶」字乃用於「憎懶」等處，為「憎恨」或「厭惡」之意。而「懶」字，則有「散漫」、「疏慵」、「懈怠」、「疲憊」之意。字典中的主要引例為柳貫的詩：

借得小窗容吾懶

五更高枕聽春雷 1

再翻閱《字源》的其他引用句，裡頭有許月卿的詩「半生懶意琴三疊」，以及杜甫的詩「懶性從來水竹居」。

從以上的例句中亦可得知，懶惰一定就是「懈怠」，而且不可忽視其中多半含有「疏慵」、「散漫」等心態。然而，應該注意到，「借得小窗容吾懶」、「半生懶意琴三疊」以及「懶性從來水竹居」等句，說的都是在「散漫」的生活中自然地體悟天地間別有一番滋味，隨遇而安，喜高蹈出塵，樂超俗絕世；有時，也往往存著故作姿態、裝模作樣的嫌疑。

這種心態不僅可見諸於中國，日本亦自古有之。如果想從歷代歌人、詩人、俳人的吟詠中搜羅實例，那大概數也數不清。其中，室町時代的御伽草紙裡，甚至有篇小說名叫〈物臭太郎〉，專寫懶人。

……此人雖以懶聞名，名喚物臭太郎，但有幸受顯貴賞識，敦聘建造房舍。物臭太郎在四面築起土牆，三方設門，並在東西南北挖掘壕池。壕中填土成島，栽以松柏……以錦緞裝飾天棚，桁、樑、椽之榫頭，盡皆鑲嵌黃金、白銀，並懸掛瓔珞為簾。馬房、官署，悉數精心建造。完工後他雖意猶未盡，卻僅以四竹為柱，覆稻草為頂，以為自身居室……且不說房屋粗陋，物臭太郎直至手腳皮膚皸裂，蝨蚤滿身，肘生青苔，仍從不言苦。就這樣坐吃山空，常常四、五天一動也不動，只是躺著。

這故事如此的揮筆運思法，乃純粹是日本人式的構思，不會是中國小說的模仿[2]。作者恐怕是當時沒落的公卿之流，本身便過著物臭太郎般的生活，窮極無聊，才寫出這樣的故事吧！而且，或許多少也因為這緣故，作者不僅不排斥這無可藥救的懶人主角，反而讓他的懶散、不潔、得過且過，帶著一種可掬的憨態。雖然他也被左鄰右舍指指點點，被寫成像是當地的麻煩人物。但說他是乞丐，他又威武不屈，氣骨不凡，不懼當地的劣紳土豪；說他愚蠢，他吟詠和歌的才能，卻上達天聽，連當時的天皇都耳聞大名。最後甚至被民眾奉祀為御多賀的大明神，當做神祭拜。

往昔，嘉永年間，美國東印度艦隊司令官培理率艦抵達浦賀時，他們對日本人最為讚賞的，便是與亞洲其他民族相比，日本人顯得特別重視清潔，港口大街小巷、家家戶戶都打掃得乾乾淨淨。這說明我們日本人在東方各民族中應該是最勤勞、最不偷懶的，但話雖如此，〈物臭太郎〉般的文學思想，還是存在於我們傳統之中。「懶」，絕不是誇獎人的言詞，被說是「懶人」，沒有人會認為是榮譽；但另一方面，一年到頭都栖栖世中事，即使今日，卻也不免被人譏誚，看做俗物。

二

寫到這裡，讓我聯想起最近《大阪每日新聞》上連載著一個專欄，叫「美國記者眼中的日本和中國」。前一陣子美國的新聞記者團到東方視察訪問，回國後各自將感想赤裸裸的訴諸報端，上述專欄乃「大阪每日新聞社」的高石真五郎氏，譯介其中有趣部分而成。連載至今，主要多在批評中國，雖然還沒輪到日本，但看這樣子他們對日本似乎比中國更有好感。他們一到中國，首先便對火車的不潔咋舌，令人嚴重作嘔。而且，他們坐的還絕不是普通的客車，而是張學良氏為了他們特地由京奉鐵路中精挑細選，所準備的最好的車廂。儘管如此，他們的遭遇還是難以言喻，連好好洗個臉、刮個鬍子都沒辦法。雖然這與中國國內連年爭戰，財政困乏，諸如此類的緣故有關，但現今中國東北乃中國境內秩序最為井然、最富裕的地方，而且近年內戰也處於平息的狀態，因此上述的論調實不足為辯護的藉口。我如此說，是因為過去在坐京漢鐵路的一等車廂時，我自己亦曾嘗過與他們相同的經驗。由北京到武漢的整整四十個小時裡，寢台車車頂漏雨還算事小，最離譜、最頭痛的是廁所掃得不乾不淨。我雖在生理需求的驅策下不得不去，但好幾次都又由入口折回。

想來如此的不潔[3]與不講規矩，不問古今，乃中國人脫不了的通病。不管引進多麼先進的科學設備，委任他們去經營，不久便會染上中國人獨特的「懶散」，貴重的近代尖端利器，也將化做東方式的粗鈍之物。美國人以清潔和秩序為文化的第一條件，在他們眼中看來，如此的粗率，馬虎，只怕不可原諒！但中國人自身卻認為即使稍稍不便，只要能將就將就便已足夠，似乎難改傳統的習氣。而且，有時甚至會將西方人極端重視規律的特質，看做神經質，不耐其煩。晚年的辜鴻銘[4]先生對歐美式的禮節每每帶有反感，自己國家的風習，即便是一夫多妻制也多加肯定；但對這些現象，恐怕他也相當有意見吧！如此說來，印度的泰戈爾翁、甘地氏不知會怎麼說。他們的國家在懶散方面，與中國相比可也不遑多讓。

另外，附帶一提，美國記者攻擊中國政府不守信，向外國借錢，連本帶利盡皆賴帳不還；並說，在這點上，「南京政府在模仿莫斯科」。然而，不單只是金錢上的問題，在不乾淨這一點，這兩國國民不也甚為類似嗎？而且，孰優孰劣勝負難料。據我所知，白人中，俄羅斯人最不喜歡乾淨。飯店如果俄羅斯人多的話，其廁所大概與中國火車的廁所不分軒輊。俄羅斯人乃西方人之中最接近東方人的，在這一點上也可茲證明。

三

總而言之，「疏慵」、「散漫」乃東方人的特色，我暫時稱之為「東方式的懶惰」。

然而，這種習性看似受到佛教、老莊無為思想等「懶人哲學」的影響，實則與這些「思想」無關，而是遍存於日常生活中更為稀鬆平常的諸層面，其根深柢固超乎想像，乃萌生於我們的氣候風土體質。如果說佛教、老莊哲學是這些環境下的產物，反而更為自然貼切。

如果僅就懶人「哲學」、「思想」而論，西方也未必沒有。古希臘不也有戴奧吉尼斯之流的「物臭太郎」，不過其角度卻是從哲學的觀點出發，乃學者的態度。不像日本、中國有無數懶人橫行，活像一種人種，也沒什麼理由只是無所事事的過日子。而且希臘時代的禁欲主義哲學雖說消極，但征服物欲的這一信念卻是極強，並且大多強調努力、意志力，這種態度與追求「解脫」、「真如」、「涅槃」、「大悟大徹」境界的態度似乎大不相同。另外，這些人中雖說不是沒有類似仙人、隱者之流，但多是所謂的鍊金術師，以尋求賢者之石為職志。這些人恰似中國的葛洪仙人，與其說是「無為」、「懶人」，毋寧說是與「神祕」這觀念密不可分，方得以想像其全貌。

到了近代，提倡「回歸自然」之說的盧梭思想，據說與老莊思想有幾分相通之處。關於這點，我事實才真的是懶人，連《愛彌兒》這本名著都沒讀過，所以不予置評。但是不管西方的思想、哲學如何，在實際日常生活中，西方人絕對不「懶散」，也絕非「懶人」。這是他們體質、表情、皮膚的顏色、服裝、生活形式等所有條件所造成的，即使偶爾因為某種原因在不得已下產生不乾淨、造成秩序破壞，東方人在懶惰之中發現另一個安然天地的心懷，他們大概做夢也無法理解吧！他們不論富人、窮人、遊手好閒者、勤勞工作者、老人、青年、學者、政治家、企業家、藝術家、勞動者，在進取、積極、奮鬥的這一點上，都相去不遠。

「東方人所謂精神上的，或道德上的，究竟意味為何？東方人將棄塵絕世隱居深山，耽溺於獨想冥思之人，稱為聖人，或譽為高潔之士。但在西方，既不認為這樣的人是聖人，也不承認他們是高潔之士。認為他們不過是一種利己主義者而已。我們把勇敢的站上街頭，遇病施藥，濟貧捐貲，獻身為增進社會大眾的幸福而辛勤奔走之人，稱之為真正的道德家，稱那樣的工作才是精神上的事業——我曾讀過一本約翰‧杜威寫的文章，其宗旨大概如此，這代表西方一般思考方式的標準——從西方的常識來說，「懶散」云云，「無所事事」云云，在他們的眼裡，只怕傷風敗俗莫甚於此。雖說我們東方人也並非那麼極端，將「懶散」的精神性看做比「勤勞」為高；但我也不準備正面反駁這位美國哲學家的主張。然而，面對如此肆言無忌的批判，實在也讓人不知如何回應是好，但到底西方人所謂的「獻身為增進社會大眾的幸福而辛勤奔走」是指怎樣的情形呢？

比如基督教中有所謂的「救世軍」運動。我當然對獻身該事業的人抱著敬意，絕無反感、惡意。姑且不論其動機為何，像那樣地站在街頭，以激昂、快速、性急的語調宣教，或為援助娼妓從良而奔走，或走訪各個貧民窟捐贈慰問品，或扯著每個人的衣袖勸募慈善熱食、散發傳單，這種囉囉唆唆、瑣瑣碎碎的做法，不幸的是，與東方人的習氣極為不合。這是超越理論的稟性問題，東方人間應可互相明白這種心理。當我們看見這種活動，只會腳底湧生一種避之惟恐不及的促忙感覺，而不會湧現任何發自內心的同情心、信仰心。人們常常攻擊佛教徒的佈教、社會救濟與基督教相比太過保守，但事實上最終說來佛教的方式反而較合我們國民性。鎌倉時代的日蓮宗、蓮如時代的淨土真宗即使說再怎麼積極、主動，但活動不是回歸「南無妙法蓮華經」七字，就是溯源於「南無阿彌陀佛」六字，不會像基督教般與現世的枝微末節緊密連繫。這種想法，似乎正如道元禪師所說，「人生為佛教，而非佛教為人生。」與基督教相比，可謂差之千里。

昔日諸葛孔明有感於劉玄德的三顧茅廬，無可推托下只得挪動他那慵懶的腰腿離開茅廬。這是在《三國志》中耳熟能詳的典故。如果諸葛孔明在被劉玄德請出前，更早一點便入世活動，我們也不認為是壞事；但如果諸葛孔明不論劉玄德如何懇請，也避不見面，終生與閒雲野鶴為友，我們對這樣的心情也相當能夠同情。中國自古便有「明哲保身之道」一說，認為避開爭亂，保全一己之身，乃處世方式的一種。戰國之世，蘇秦衣錦還鄉時，據說他曾自負不凡的說過，「且使我有洛陽負郭田二頃，吾豈能佩六國相印乎[5]」之類的話。

然而，飛黃騰達身佩六國相印固然是好；但耕種負郭的二頃之田，終生埋首農村，其實也不差。不過，得意洋洋的說這話時的蘇秦，不知怎地很像現代的議員，與諸葛孔明相比，似乎品格低下許多。在東方，事實上比起蘇秦型的人，孔明型的人不單是品格，本質上也較傑出，類似的例子不勝枚舉。

四

我最近看到刊載在各種電影雜誌上的美國好萊塢影星的照片，常常產生異樣的感覺。之所以這麼說，乃是看到他們的臉部特寫肖像時，幾乎無一例外，悉數露齒而笑。而且，這也無一例外，每一個影星的牙齒真的都完美無瑕，齒如編貝。然而，仔細凝視他們的表情，那笑容怎樣都不像笑，雖沒什麼好笑的卻也勉強張開嘴唇，只能說是為了露出含貝般的牙齒。那表情很像日本女孩挖苦人時的神情；當她們發出「咦」的聲音，露出牙齒時，那神情一模一樣。這種感覺，在美國女影星身上還不那麼嚴重，但如果是男影星，就特別明顯。有這種感覺的，大概不只我一個吧！各位讀者如不相信，請快打開《古典》雜誌看看。只要一旦有了這種感覺，那不管是哪一個影星的肖像，「笑容」也會看似「呲牙咧嘴」，甚為奇妙。

文化越進步的人種越愛護牙齒。據說牙齒的美觀與否，可用來衡量其民族的文明程度。如果這是真的，那麼牙科醫學最發達的美國，可想而知是世界第一的文明國。而他們的影星那做作令人不舒服的笑容，或許正是為了誇示「我是長了一口好牙的文明人」。那麼像我這樣，生來牙齒排列不整，即使想治療也無可藥救的人，正如故大山元帥的麻臉般，被當做野蠻人的標記，實在也無計可施。

當然，最近，日本人中像我這樣一口爛牙的，已是例外。只要是稍微進步一點的都會區，不管哪邊，美式醫學教育出身的牙醫師，店面都昌盛繁榮。更有些人寧可忍著腦貧血的危險，慷慨就義，將仍可使用的健康牙齒拔除，換上人工的裝飾品。不知是否因為如此，近來都市人的牙齒日漸美麗，昔日般的齒列不整、虎牙、發黑的蛀牙，已少見許多。注意禮儀、姿表的人，買一管牙膏也要挑可利諾斯或佩普索蒂克等美國舶來品，並為保險起見一天刷兩次牙。也因此日本人的牙齒一天比一天白，色如珍珠，僅就牙齒而言倒真的接近美國人，逐漸演化成文明人。如果以賞心悅目為目的，這倒不算壞事。然而，如果認為日本人原有的虎牙、蛀牙自然又討喜；那麼，那純白又齊若編貝的牙齒，則有一種說不出的刻薄、奸黠殘忍的感覺。因此，東京、京都、大阪等大都會，被稱為美女的女人（不，男人也一樣），大概牙齒都不好，而且不整齊。特別是京都女人的牙齒不好，此說幾乎已顛撲不破。據我所知，反而遠居邊陲的九州地區，那裡的人多半齒列很美（並非說九州人因此生性薄情，請勿發怒）。另外，老人們因煙草的粘質而牙齒污黃，如摸久了的象牙所呈現出的顏色，當牙齒由交織著白鬚的疏髯中露出時，讓人看了便覺長者風範不外如是。而這樣的黃牙和皮膚的顏色也相當搭配，使人有種悠然、從容不迫的感覺，就算是其中有一、兩顆牙齒脫落不見，也絕對不會讓人覺得難看。現在要想看到這樣的黃牙老者，不到農村，在日本已不容易見著；但中國、朝鮮半島仍所在多有。老人的牙齒潔白又完整無缺的話，總覺得與東方人的容貌不搭。即使裝假牙也應該盡量接近自然，年紀大的人如果牙齒看來太過年輕美麗，就如日本俗語「年過四十仍濃妝艷抹」般，反而讓人不敢恭維。

五

據上山草人（譯註：一八八四—一九五四，演員；最後的作品為在黑澤明的電影《七武士》中，扮演眼盲的琵琶法師）所說，美國實在繁禮多儀。男人不能在女人面前露出肉體的任一部位也就算了，連擤鼻涕、咳嗽也不行。因此感冒時哪裡也不能去，只能整天待在家裡。如此說來的話，美國人是從鼻孔到屁眼都清洗得乾乾淨淨，即使用舌舔也沒關係。哪一天他們說不定會主張，如果拉屎沒有麝香般的香氣，那就不算真正的文明人！

我也曾從故芥川龍之介君那兒聽過一段類似的話，成瀨正一氏在德國某人家中做客，當場翻譯芥川君的《某日的大石內藏助》，當他讀給眾人聽時，唸到「內藏助起身如廁」這一句時，突然停住，如鯁在喉。到最後，還是沒把「廁所」譯出。

保爾．穆杭（Paul Morand）的小說裡，不時出現廁所這字眼，這似乎是因為近年的法國已盛世不再。但不管怎麼說，歐美人對這玩意格外忌諱，並且似乎從中體悟出身而為文明人的資格該是如何。

六

看過托爾斯泰《克魯采奏鳴曲》的人都知道吧！其中，小說的主角對歐洲所謂的文明人的生活，極盡口誅筆伐之能。看歐洲人的日常食物、婦人的服裝等，都極盡刺激、挑逗，再怎麼看目的都不外在挑撥人的低劣情欲。但另一方面卻又繁文縟節，更令人覺得虛偽——現在書不在手上，雖記不清細節，但大意確實如此。當我讀這本書時，拍案叫絕，托爾斯泰不愧是俄羅斯人。

實際上，紳士在出席晚會等宴席時，都要穿上如手銬腳鐐般的禮服，那衣裝撩人的婦人站在眼前，既不能打呵欠，也不能打噴嚏，連喝湯時也不能出一點聲音。如此，儘管是稀世佳肴擺在眼前，有何美味可言？說到這裡，中國人的宴會目的不外「吃」、「喝」，一般對不合禮法的行為也較寬容。不管發出怎樣的噪音，地板、桌面弄得再怎麼髒亂也無所謂。若是夏季，到南方去的話，主人更會帶頭脫掉上衣，袒胸露背。日本在這一點，與中國沒多大的差別。

有人說大飯店的西式餐廳適合全家享用、裝潢講究，比日本舊式的旅館那個人主義式的用餐方式來得好。但是西式餐廳似乎已淪為紳士淑女展露服裝、滿足虛榮心的地方，至於吃，看來已是次要的問題。吃東西的時候，身穿浴衣，或曲肱而臥，或雙腳伸直，如此，胃腸也一定比較舒暢吧。

總而言之，講到西方人的「文明設施」、講到「清潔」、講到「整齊」，不正像是美國人的牙齒般的產物嗎？說到這兒，我每次看到那純白無垢的齒列，不知怎地，便想起西式廁所裡貼著瓷磚的地板。

七

當前，東西混合的二重生活，其矛盾令我們苦惱不已。但這矛盾並非源於衣食住的樣式這些細瑣環節上，而是來自眼睛看不見的更深的原因。總之，我們就算住在一張榻榻米都沒有的房子裡，從早到晚都穿西式服裝，努力吃慣西餐，但卻始終無法長久持續下去。最後，不是把火鉢搬進房間，就是直接坐在絨毯上，不管怎麼說，東方人自有的「疏慵」、「散漫」，已在心靈深處根深柢固。首先，吃飯的時間也被規定得一絲不苟，便令我們痛苦不堪。白天在辦公室工作的人，工作時雖不得已只能按時進食，但一回到家中，立刻就不講這些規矩了。如不這樣，實在很難放心休息，無法盡情地邊小酌邊進餐。也因此，在工作地點吃午飯，日本人多半連便當也不吃，僅是以簡單的食物果腹罷了。住在神戶、橫濱的西方人可不是這樣子的。西方人家住附近的，工作再忙，也絕對會安排一定的時間回家，好坐在餐廳裡，舒舒服服的吃飯喝酒，時間到了再回辦公室。雖然想問他們，每天慌忙地來回奔走有何樂趣，但他們對那樣的規律已然習慣。再說西餐的料理法，如果不幾點幾分準時進餐廳的話，廚師就傷腦筋了。所以享用西餐時，廚師執拗地詢問「何時上菜」，日本人往往感到不耐煩燥；但如果上菜時機出錯，料理變得難吃，廚師也概不負責。

一葉知秋！即便是餐具，如筷子、漆椀之類，日式餐具沖沖洗洗就能了事；但西式料理的材料多富含脂肪，再加上銀器、瓷器、玻璃器皿多，因此始終都小心翼翼的擦得閃閃發亮。然而，我們即使必須忍受這些無數繁瑣的拘束，要下定決心打破不東不西的二重生活，卻也並非易事。

八

英國人即便是老年人也一早就吃油膩的牛排，之後努力運動，以儲備精力，增強體力。

這當然也是一種養生法。但由懶散的人們眼中看來，大量攝取刺激性的食物，不多運動就消化不了，而運動又是一種苦差事。將運動的時間用在安安靜靜地讀書上，或許更有益也說不定。更何況，如托爾斯泰所言，食物的刺激又會煽動性欲，結果又撩起煩惱火，總之，這與減少食量，減低運動量，不知孰優孰劣。

過去[6]，說是過去，也不過指我們祖母的年代，殷實人家的妻女，幾乎一年到頭，都待在視線不明的昏暗深閨裡，很少有外出的機會。京都、大阪的舊式家庭，據說甚至五天才入浴一次。而如果輩份高到「飯來張口茶來伸手」，那甚至可以整天坐在褥墊上動也不用動。現在想起來，這樣的生活如何過？實在不可思議！不過說起他們的食物，量都不多，並且極為清淡，像是鳥吃的餌食。什麼粥、梅干、梅子醬、田麩、煮豆、佃煮之類——祖母膳上的這些菜肴，我至今歷歷在目。她們有她們相應的消極的養生術，並且，大多比積極活動的男子長壽。

日本俗語雖說「長臥不起有損健康」，但如同時減少食量，減少食物的種類，那麼反而有減低染上傳染病的危險性。與其在熱量、維他命等有的沒的上面斤斤計較，耗費時間、精神，什麼都不做的躺著不是比較聰明？這種想法倒也自有一番道理。不要忘了，就如這世上有「懶人哲學」一般，也有「懶人養生法」的存在。

九

據現今大阪的一流老藝師說，以前唱地方戲曲時，聲音太過宏大，發音字正腔圓的話，反而會被斥為低俗。怪不得擅長古箏和三味線的藝師，聲量宏美的，在關西相當少見。

然而，這並不是說關西人只重視樂器，不重視歌聲。仔細聽時，可以發現，雖然聲音不大，但節拍細膩，不管是餘韻還是感情，都能充分地傳達出來。只不過他們不像現在的聲樂家，戒酒、遠女色，小心翼翼地保護嗓子，費盡心思只為保存音量。總之，他們始終以感覺為主，唱歌如果必須堅苦卓絕，那唱起來也不愉快了。人到老年，音量變小，低沉嘶啞，乃是自然之理，他們也不圖違逆自然，只是隨心所欲的唱著。事實上，對他們本人而言，如果不是醉得陶陶然時，忽地拿起三弦琴淺唱低吟一番，也沒什麼意思！如此想來，即便以人耳難以聽見的鼻音小聲哼唱，也能盡情品嘗自己技巧的妙處，證入三昧境相；極端的說，不出聲光以想像吟唱，亦已十相具足！

西方的聲樂不是為了自我娛悅，而是專為娛樂大眾；從這點看來，西方聲樂總給人一種拘謹、做作、刻意為之的感覺。西方聲樂雖然聲量之大，令聽者為之驚羨，但看到他們嘴唇的動作，讓人覺得那似乎是發音的機械，一種不自然的感覺油然而生。因此，歌者本人入於三昧境，藉歌聲將感受傳達給聽眾，這點，西方聲樂可說絕對無法辦到。這不僅只限音樂，西方的所有藝術都有這個傾向。

十

我絕對無意勸各位做個懶人，如果遭人誤解，那可真是冤枉！然而，世上有不少人自詡為苦幹實幹、勤勉過人，或是以天下為己任，強迫推銷這種價值觀；因此，我想偶爾提起懶惰的美德——想起閒適的風情，應該也無傷大雅。老實說，我雖大放厥辭，但事實上我並不怎麼稱得上懶人，起碼在我朋友當中，我算是勤勉努力的；這點，友人諸氏可茲證明。

1 日語解釋參見《倚松庵隨筆》（昭和七年四月刊）頭注。

2 寫完這文章後，讀了柳田國男先生有關日本民間傳說的研究，才知道這類的傳說並非僅存於日本，世界上流傳著的可分為幾個種類的系統。即使如此，窮光蛋出人頭地的情節雖然類似，但是否有像〈物臭太郎〉般以懶惰為主題的？淺學如我者，無法做何斷定，暫且存疑。

3 到中國旅行過的人每個人都知道，中國人的廚房裡擦髒東西的抹布和擦餐具的抹布是不分的。當他們用擦髒東西的抹布擦餐桌、筷子時，往往令人張目結舌。

4 辜鴻銘翁據中國青年文士所言，晚年瘋癲若狂，但果真如此？辜翁與中國新進作家田漢君在東京山水樓相會的事蹟，佐藤春夫在某本小說中，曾有饒具趣味的描述。辜翁似乎也知道我的名字，曾透過阿部德藏君，送我他著作的《讀易草堂文集》。這本書在民國十三年由東方學會出版，分內篇二十八章與外篇十五章，為唐本的大型書冊，前有羅振玉的序文。內篇卷首，載有一節曰〈上德宗皇帝書〉，「職幼年遊學西洋，歷英、德、法三國十有一年，習其語言文字，因得觀其經邦治國之大略。竊謂西洋列邦本以封建立國，逮至百年以來，風氣始開，封建漸廢。列邦無所統屬，互相爭強，民俗奢靡，綱紀寖亂，猶似我中國春秋戰國之時勢也。故凡經邦治國尚無定制，即其設官規模亦猶簡陋不備，如德、法近年始立刑禮二部，而英至今猶未置也。……

如商入議院則政歸富人，民立報館則處士橫議，官設警察，則以匪待民，訟請律師，則吏弄刀筆。諸如此類皆其一時習俗之流弊，而實非治體之正大也。每見彼都有學識之士談及立法之流弊，無不以為殷憂。惟獨怪今日我中國士大夫不知西洋亂政所由來，徒慕其奢靡，遂致朝野皆倡言行西法興新政，一國若狂在」。另〈廣學解〉中有曰，「西人之謂考物，即吾儒之謂格物也。夫言之於天則曰物，言之於人則曰事。物也者陰陽五行是也。事也者天下家國是也。然吾儒格物必言天下國家，而不言陰陽五行者其亦有深意存焉。易傳言，聖人製器，以前民利用。此則謂教之以相生相養之道也。然吾聖人有憂天下之深故，其於陰陽五行之學言之略而不詳，其於製器利民之術，亦言其然而不言其所以然。蓋恐後世之人有竊其術以為不義而不善，學其學以為天下亂者矣。故傳曰作易者其有憂患乎。今西人考物製器皆本乎其智術之學，其智術之學皆出乎其禮教之不正。嗚呼其不正之為禍，豈極有哉」。又〈上湖廣總督張（之洞）書〉中曰，「昔人有言亂國若盛，治國若虛。虛者非無人也，各守其職也」。

以上引用，足以略知，少壯時代留學歐洲十一年的辜翁，晚年是如何地出奇地討厭西方。

5 參照《史記蘇秦傳》。

6 如此說來，按摩這方式可能是東方人獨特的健康法。自己只要躺著讓人搓揉全身，便能達到運動的效果。再也沒有一種方法比這更無需費力的了。以前的人似乎只想到要一直待在室內，靠著按摩、點灸促進血液循環。

恋愛及び色情

戀愛與色情

一

英國有位早已去世多年的幽默作家叫傑洛姆。在他寫的《小說隨筆》一書中，說道，小說總而言之乃不登大雅之堂的東西，自古以來世上刊行的小說多過海邊的砂粒，也不知有幾千萬、幾百萬、幾十萬冊，但不論讀哪一本，情節都千篇一律。歸根究柢，不過是「首先，某個地方有一個男的，然後，有一個愛著他的女的」——"Once upon a time, there lived a man and a woman who loved him."——他說，說穿了不就是這一回事？

此外，從佐藤春夫（譯註：一八九二—一九六四，詩人、小說家）那兒聽說，小泉八雲（譯註：一八五〇—一九〇四，愛爾蘭裔英國人，後歸化日籍，原名Patrick Lafcadio Hearn，為作家、日本文化研究家）在某篇講義錄中說過這樣一段話，大意如下：

「由於自古以來，小說處理的都只是男女的戀愛關係，因此自然而然產生一種成見，認為小說文學的題材僅限戀愛；然而，事實上並非如此。非關戀愛，不限人事，都足堪成為小說之題材，文學領域本來便比想像中更為寬廣。」

以上，無論是傑洛姆的諷刺，或者小泉八雲的見解，都說明在西方，「非關戀愛的文學」、「小說」事實上似乎被認為相當不可思議。雖說西方的政治小說、社會小說、偵探小說等之傳統相當久遠，但多半脫離純文學的範圍而帶「功利的」色彩，或者都被視為「低俗」的作品。

但是，現在情況稍有改變。帶著功利的意義所寫的小說，當今時勢雖已不再被貶為「低俗」；但作品即便以階級鬥爭、社會改革為題材，卻也無不在某種形式上觸及戀愛問題。反過來說，我覺得有很多作品的主題都藉著戀愛來呈現種種心理矛盾——是愛情為先？或者階級任務為重？

在偵探小說中，亦常看到犯罪的原因因愛情而起。如果擴大「戀愛」的範圍為「人事」，那麼西方古來被稱為小說、被說是文學的小說、文學題材，悉數脫離不了人事。以動物為主角的小說雖然少見，但並不是沒有，諸如《公貓穆爾》、《黑美人》、《野性的呼喚》等；但這些小說多屬寓言作品，因此仍然不出廣義的「人事」範疇。其他，亦有小說罕見地以自然之美為創作對象，這在詩歌當中更為多見，但這些作品即使仔細吟味，仍然可以發現某些點上與人事有關，完全不牽涉人事的恐怕極為少見。

寫到這裡，突然想起夏目漱石先生的論文《英國詩人對天地山川的觀念》，於是立刻翻箱倒櫃，偏偏一無所獲，很遺憾無法在這裡徵引夏目漱石先生的意見。總之，在西方藝術領域中，即使非關「戀愛」，至少「人事」也占了絕大部分。這點，審視他們的文學史、美術史，便可立刻知悉。

二

日本的茶道，自古以來，茶室裡的掛軸，是字也好，是畫也罷，就是禁止以「戀愛」為主題。換句話說，因為「戀愛有違茶道精神」。

像這種鄙視戀愛的風氣，不僅限於日本茶道，在東方所在多有。我國自古以來，小說、戲曲數量繁多，其中不乏以戀愛為題材的作品；但，這些作品在我們的文學史上受到重視，乃是西方觀點蔚為風潮之後。在還沒有所謂的「文學史」之前的時代裡，說起軟性文學，首先產生的印象不是文學末流，便是供婦孺消遣之作，被視之為士君子的末技，寫者顧慮重重，讀者遮遮掩掩。實際上，我國不乏傑出戲劇家、小說家，而他們的作品亦曾風靡一世；但是即便如此，這些作品枱面上仍被視做品味低下，男子漢大丈夫不可引為終生職志。中國自古便以「濟世經國」為文章的本來目的，中國文學的桂冠、漢文學的主流，不是經書，便是史籍，大都是以陳述修身、齊家、治國、平天下為宗旨的著作。我在少年時代所讀的漢文學教科書，諸如《四書》、《五經》、《史記》、《文章規範》之類的書，這些書大概與戀愛最風馬牛不相及；但在過去，似乎只有這種書才被看做是真正的文學、正統的文學。到了明治時代以後，坪內逍遙先生（譯註：一八五九—一九三五，評論家、小說家、劇作家，為日本近代文學、戲劇之先驅者）的《小說神髓》問世，莎士比亞與近松門左衛門、莫泊桑與井原西鶴的比較論，也開始出現。接下來，戲曲、小說雖然開始被視為文學的主流，但其實這種觀點，並非是我們正統的傳統觀點。小說和戲曲是「創作」，而史學、政治學、哲學並非「創作」，因此之故，不是「創作」便不是文學；但這樣的想法，由不同觀點視之，可說便變得異常偏頗。如果按我們的傳統來看西方文學的話，那麼培根、麥考萊、吉朋、卡萊爾等人之作才稱得上正統，而諸如莎翁作品之流，說不定便只能藏諸名山了。

在西方人眼裡，詩歌比散文更具純文學性。但同樣是詩歌，東方作品中戀愛的成分比重較少。只要看看最具代表性的兩大詩人——李杜二家的詩，便大半可得而知。杜甫的詩雖也不時吟詠哀別離苦，寄寓流謫之悲，但詩作的對象多為「友人」，雖然偶有寫到他的「妻子」，但卻從沒一首詩寫到「戀人」。李白被譽為「月與酒的詩人」，但他對「戀愛」的歌頌，其熱情卻不及對月光與酒杯的十分之一。日本漢詩人森槐南（譯註：一八六三—一九一一，漢詩詩人，被譽為明治漢詩詩壇的第一人）曾在《唐詩選評釋》中，舉李白的名篇〈峨嵋山月歌〉為例，

峨嵋山月半輪秋，
影入平羌江水流，
夜發清溪向三峽，
思君不見下渝洲[1]。

認為，「思君不見」表面似乎指月，但從「峨嵋山月」這句話來推論的話，總讓人覺得暗指情人。槐南翁的這一解釋確是卓見。李白獨運巧思，即使偶爾詠唱戀情，也寄思於明月，極盡隱晦，以暗示性的方式陳述。而這也正是東方詩人的儒雅之處。

因此，小泉八雲之說，「非關戀愛，不限人事，都足堪成為小說之題材」，在西方人而言或許新鮮，但對我們東方人而言，卻

是老生常談。我們受教於他們的，事實上是「戀愛作品也是一流文學」的觀念。

三

我們每每聽說，浮世繪的美是西方人所發現，並且介紹給全世界的。並且也聽說，在西方人驚艷之前，我們自己這值得引以為傲的藝術，其價值我們日本人並不清楚。但是，仔細思量之後，這既非我們的恥辱，也並不能說是西方人慧眼獨具。當然，我們必須深深地感謝，西方人在這方面能承認我們的藝術，浮世繪廣為世人所知，西方人的宣傳功不可沒。但是，老實說，對認為無「戀愛」、「人事」就不成藝術的西方人而言，浮世繪是他們最容易接受的。而至於為何此種傑出的藝術在日本同胞間，沒有獲得一定程度的尊崇，其中理由，他們便無法理解[2]。

事實上，在德川時代，浮世繪畫師的社會地位，與戲作作家、狂言作者大略相等。當時有教養的士大夫，恐怕視浮世繪、戲作如春畫、淫書般，避之惟恐不及。因此，大雅堂、竹田、光琳、宗達等文人畫家絕不能與師宣、歌麿、春信、廣重等浮世繪畫師等同視之。在文學上亦是如此，絕沒有人會將新井白石、荻生徂徠、賴山陽等儒士，與近松門左衛門、井原西鶴、式亭三馬、為永春水等人相提並論。〈關八州繫馬〉確實有一部分受到後水尾院的賞識而珍藏。《曾根崎心中》中描寫男女主角踏上不歸路的文章，徂徠確實大為激賞。但這類的軼事，正因為特別、令人驚詫而得以流傳於世。《里見八犬傳》的作者瀧澤馬琴在世之時，自覺與其他戲作作者不同，顯露著高人一等的矜持，而世人也對他敬重有加。之所以如此，乃因為他的作品專以勸善懲惡為宗旨，提倡人倫五常之道。以此觀之，或可得知一般戲作作者的社會地位如何！

儘管我們的傳統並非不承認戀愛的藝術——雖然事實上內心大受感動，並偷偷地欣賞這些作品——但表面上卻盡量裝出一副毫不在意的樣子。這是我們的拘謹之處，但不管怎麼說，這也是社會禮儀。也因此，不能不說，西方人頌揚歌磨、豐國等浮世繪畫師，也同時破壞了我們心照不宣的禮儀。

四

但是，或許有人反問——「那麼戀愛文學十分發達的平安時代又如何解釋？在我們的文學史上不是也曾有過那樣的時代嗎？德川時代的戲作作者或許地位卑下也說不定，可是平安時代的在原業平（譯註：八二五—八八〇，平安前期之和歌歌人，以詠嘆情愛著稱，被後世視為美男子之代表）、和泉式部（譯註：平安中期之女歌人，作品多為詠嘆愛情之和歌，生沒年不詳）等和歌歌人，又如何解釋？《源氏物語》之後的眾多戀愛小說的作者又如何？他們及他們作品所受的待遇如何？」

《源氏物語》一書自古以來，看法便莫衷一是。儒學者視為淫書攻擊，但同時國學者卻又奉為聖經般的神聖，認為該書的內容最具道德的教誨意義，更甚者有人牽強附會，視作者紫式部為「貞女之鑑」。然而，儘管牽強附會——但無論如何，在表面上必須否定這本小說為「淫書」——因此，即使毫無根據也要讓《源氏物語》變成「道德」性、具「教誨」意義的讀物——這種不從文學角度來看《源氏物語》的觀點，畢竟顯示出一種「禮法」，畢竟存在著一種東方人特有的「好做表面功夫的毛病」。

如此，現在回到我最初的問題，讓我們稍微觀察一下平安時代的戀愛文學吧！

五

從前，有個叫敦兼[3]的刑部卿，這公卿雖是世所罕見的醜男子，卻娶了個貌美如花的夫人。夫人常因此自嘆遇人不淑。某日，前往宮中觀賞五節之舞，夫人環顧滿朝盛裝打扮的公卿，只覺無一不是風度翩翩，再也無一人像自己丈夫般醜陋。眼見人人風采堂堂，更加深夫人對丈夫的嫌惡。這之後，回到家中，夫人對敦兼不理不睬，最後更甚而閉鎖內室，避不見面。她丈夫敦兼雖然滿心疑竇，但是剛開始卻不明其中原委。一日，他上朝執事，深夜回家，只見客堂一片漆黑，平時使喚的女婢也不見蹤影，脫下朝服連個為他收拾、整理的人都沒有。因此，無可奈何，他只好推開候車的側門，獨坐沉思。不覺夜闌更深，月光風聲沁入心脾，對妻子薄情的行徑，更添憤慨，因之一股愁雲慘霧鋪天蓋地襲來，敦兼為澄心清意，不由地取出篳篥吹奏，反覆吟唱：

圍籬內的白菊花，
花色憔悴令人心悲。
我的結髮妻子，

冷了心腸如同花朵凋萎！

夫人雖避居內室，但聽了這首歌，忽然心生感傷，於是出來迎接敦兼，從此夫妻兩人情深意篤，恩愛異常。

這個故事出自著名的《古今著聞集》中的〈好色〉卷，不是鎌倉時代，便是平安朝末期的故事。總之，這個故事反映當時京都貴族的生活依舊保存著極多平安朝時代的風俗習慣，因此之故，將它視為平安朝式戀愛的代表，應無問題。

然而，讓我覺得不可思議的是當時男女之間的地位。《古今著聞集》的作者評說，「之後，兩人恩愛異常，這完全是因為夫人心性優婉」，不僅不是責備夫人不貞，亦非嘲弄敦兼身為人夫的懦弱，反而視為夫婦間的美談加以傳頌。而這似乎也可想做平安朝公卿間想當然耳的常識。

做妻子的下嫁前便應清楚丈夫貌醜，木已成舟又毫無來由地嫌惡自己丈夫。而做丈夫的面對這樣的妻子即使愛憎交織，卻也只能佇立妻子的房外歌吟哀思。這讓自己丈夫哀歌相求的妻子，竟被說是「心性優婉」！這景況絕非西方愛情得見，唯有平安王朝時代方可能發生。如此說來，敦兼「取出篳篥」和歌而奏，大概是因為當時的公卿經常隨身攜帶這種樂器吧！每當我讀到《古今著聞集》的這一章節時，總不禁地想起淨瑠璃《壺坂》開場時的場面。盲人澤市手彈三味線，口唱地方歌謠〈秋菊白露〉，

鳥啼鐘鳴沁心脾，相思切切淚滿襟，淚零泛若妹背川，舟楫遠隱魂夢斷，此生已矣離恨長。莫追憶、莫思量，聚首終有一別時，總是痴男與怨女！園中婷婷雛菊花，花名婣娜惹人憐！白晝看花聊堪度，夜夜秋菊泛白露。命薄相窮如白露，總怨天、總尤人！而今此身只待秋風寄！

劇中澤市只唱這首歌的前半，即主調部分。同時，這劇裡澤市也與敦兼相同，寄哀思於菊花，這可說是奇特的巧合。據說，自古以來大阪一帶認為唱這首歌會讓情侶分手，因而忌諱有加。但，無論怎麼說，這淨瑠璃劇本據說是團平夫人（譯註：係指二世豐澤團平之妻．加古千賀；豐澤團平為明治時期知名三味線師，《壺坂》原作不詳，現行作品為加古千賀增補、豐澤團平作曲）的作品，劇中確實流露著女性特有的溫馨，然而澤市原本便是令人同情的殘疾之身，與敦兼的情況大不相同。更何況澤市的妻子阿里和敦兼夫人判若雲泥，像阿里般的女子才稱得上是「心

性優婉」，澤市與阿里的故事才稱得上「夫婦美談」！想來，隨著時代演進，在武士政權、教育的統攝力遍行民間的時代看來，姑且不論敦兼夫人的行為不檢，像敦兼般的丈夫，會被視做毫無男子氣概，不難想像會因為「丟男人的臉」而遭受責難。碰上這種情況，如果是鎌倉以後的武士，要嘛就果決地休了這女人，就算不休了她，也會立刻闖入內室，好好的修理一頓。而就我們一般人的心理而言，女人大都也喜歡這種男人，舉止若像敦兼般娘娘腔，只會更討人厭。德川時代雖然就戀愛文學的流行這一點而言，與平安時代正好相反，但我現在試著思忖一下近松門左衛門等人的戲曲，可一點也想不出一個像敦兼般懦弱的男子。就算偶爾有類似的例子，也只是拿來取笑，恐怕不會做為美談加以頌揚。人們常說江戶元祿年間的世風相當淫靡、墮落，其實當時的放浪子弟格外意氣用事，逞強鬥狠，只圖一時之快。別說《博多小女郎》中的宗七和《油地獄》中的與兵衛，就連殉情悲劇中的小生也動輒刀劍相向，絕非王朝公卿般的怯懦。到化政時期的江戶，連女人也以悍勇為尚，因此，不用說，「像男子漢的男人」才受女性青睞；也因此，說起江戶戲劇中出現的白面小生，不是像大口屋曉雨般的俠客，便多是像片岡直次郎式的不良少年。

平安朝文學所看到的男女關係，在這點上與其他時代有幾分差異。敦兼般的男性，一言以蔽之，如果說他們毫無男子氣概，確是不容分辯；但換個角度看，這也正是女性崇拜的精神。這種心理並非視女性低於自身，居高臨下式的愛憐；而是認為女性高於自身，由下往上的景仰，拜倒石榴裙下。據說西方男子每每夢想在自己戀人身上找到聖母瑪利亞的身影，期盼戀人能讓人想起「永恆女性」的容顏，但東方自古便無此種思想。「仰慕女人」被看做是與「男子氣概」背道而馳，一般說來「女性」這觀念與崇高、悠久、嚴肅、潔淨最沾不上邊，被定位於相對的位置。但在平安朝的貴族生活中，雖不能說「女性」君臨「男性」之上，但至少與男人同樣擁有自由。男人對女人的態度，並非暴君式如同後世般，而是相當彬彬有禮、極其體貼，有時他們對待女人的態度甚至讓人以為女人是世上至美、至高的存在。例如在《竹取物語》中的竹取公主，最後昇天離開凡世，此類的想像後世之人便想破腦袋也想不出來。再怎麼說，江戶戲劇、淨瑠璃中登場的女性，那樣的打扮實在很難讓人想像她們凌空飛翔的樣子。小春、梅川再怎麼楚楚可憐，不管如何，也只能是哭倒男人膝上的弱女子。

七

《古今著聞集》讓我想起《今昔物語》中〈本朝故事〉第二十九卷的〈不為人知的女盜人之故事〉。這在日本是少見的女虐待狂的例子，而且恐怕也是鞭打（flagellation）的性虐待相關記載中，東方最古老也最少見的文獻之一。故事如下，

……在一個無人的午後，女子對男子說「走吧」！將男子帶往內院一處獨棟的小屋。以繩子將男子的頭髮縛於旗杆上，露出他的背脊，雙腿亦曲膝綑綁。女子頭戴烏帽子，身著水干攜，做男裝打扮。只見女子袒露單肩，以杖用力笞打男子背脊八十下。然後問男子「感覺如何」？男子答道，「不外如是」！女子應說「意料中事」。讓男子服用窯土熬煮之湯汁及上好之醋，勤拂塵土，令男子橫臥休息。不久，男子體力恢復，女子奉上異常豐盛之飲食。如此辛勞照料三日，杖傷即將癒合之際，復又帶男子至前日之

處，同樣縛於旗杆之上，笞打原本杖傷之處，八十杖過後，血肉橫飛，詢問「撐得住嗎」？男子面不改色回答，「撐得下」！女子對男子之讚譽，更勝初次。女子大力犒勞男子，養息四、五日後再行杖笞男子背脊，男子同樣回答「撐得下」！女子翻轉男子身體，擊打腹部，即便如此，男子仍然回答「無妨」！女子讚嘆不已……

後世的女賊、毒婦雖不乏殘忍之人，但如此嗜虐成性的女人，特別是以笞打男人為樂，即使是荒誕無稽的草雙紙，也不可多見。

這故事雖然有些極端，但是前述敦兼的狀況也好，這個女賊[4]的情形也罷，都在在讓人覺得平安朝女性較諸於男性，地位稍稍優越，男性亦對女性體貼有加。看過《枕草子》即可知道，清少納言詞鋒銳利，常在宮廷裡駁得男子啞口無言。讀了那時候的日記、物語、和歌酬唱等作品，便可明瞭，女性大多受到男性的尊敬，有時，男性不免流露出哀求的態度，當時的女性絕未受到男性意志的蹂躪，與後世大異其趣。

八

《源氏物語》的主角雖說妻妾成群，從表面上看來似乎視女人為玩物，但制度上的「女性乃男性的私有物」，與男性在心理上「尊重女性」未必互相矛盾。即使是自己的財產，也有一部分被珍而重之。自家中佛壇上的佛像，當然是自己的所有物，但即便如此，人們卻還是跪倒佛像前，合掌祈念，深恐稍有怠慢遭受天譴。我在這裡提出的問題，並非從經濟組織、社會組織來審視婦女地位，而是意味著男性是否能在女性心象中感受到「比自己高尚」、「較為尊貴」。光源氏對藤壺的憧憬之情，雖然沒有明顯地表露出來，但可試想而知，略可比擬上述的心態。

九

西方的騎士道，騎士效忠、崇拜的對象即為「女性」。為了自己尊敬的女性，他們磨鍊自己、提升自己、砥礪自己、鼓舞自己。「男子氣概」與「仰慕女性」合而為一。即使到了近代，此一風氣依然不變，所以出現像漢彌爾頓夫人（Lady Hamilton）和納爾遜將軍（Horatio Nelson）、約翰・斯圖爾特・穆勒（John Stuart Mill）

及穆勒夫人的關係，在東方則完全見不到類似的例子。

那日本為何隨著武家政治的興起、武士道的確立，女性變得受人鄙視、視女性為奴隸呢？為何「體貼女性」就和「武士本色」背道而馳，就必然被視為「墮落」？這問題雖頗為有趣，但一探討起來難免長篇大論，而且日後自然有機會觸及，現在暫且存而不論；但總而言之，日本國情如此，高尚的戀愛文學必然不會發達。確實井原西鶴和近松門左衛門的作品，在某些點上不比西方文學遜色，但坦白說，德川時代的戀愛作品，無論是再怎麼天才的傑作，畢竟仍是町人文學，僅此一點便「不入大雅之堂」。事實確也如此，做生意的町人們本身就瞧不起女人，貶低戀愛，如何能寫出氣象高邁的戀愛文學作品！在西方，即便是那但丁的《神曲》，不也正是詩人對貝德麗采的初戀所催生的產物？此外諸如歌德、托爾斯泰，這些一世師表的作品，即使描寫通姦、描寫失戀自殺，即使處理的情景嚴重違反道德，然而其格調之高，到底是我們的元祿文學（譯註：江戶時代元祿年間，小說、俳諧、演劇等町人文學高度發達，被視為日本近世文學的巔峰期）所無法比擬的。

十

西方文學雖說對我們產生種種影響，但其中影響最大者，事實上我認為是「戀愛的解放」——更直接的說法是「性解放」。在明治中葉盛極一時的硯友社文學（譯註：一八八五年，尾崎紅葉、山田美妙等人創立文學結社・硯友社，並發行《我樂多文庫》；爾後，硯友社人才輩出，成為明治二〇年代日本文壇之主流），大概還帶著德川時代戲作作家的氣質，但接著興起的文學界、明星一派，乃至自然主義的流行，終於讓我們完全地將卑視戀愛、性欲的拘謹祖訓拋卻腦後，把舊社會的禮儀一掃而光。如果我們比較一下尾崎紅葉（譯註：一八六七－一九〇三，小說家，與山田美妙等人創立硯友社，為明治時期重要之作家）的作品和紅葉以後的大作家夏目漱石的作品，就會知道兩人對女性的看法迥然不同。夏目漱石是屈指可數的英文學者，但是卻絕不西化，反而是典型的東方文士型作家。即使如此，在他的作品《三四郎》、《虞美人草》裡出現的女性，以及他對女性角色的處理法，到底在尾崎紅葉作品中難以見得到。這兩位作家的差別不在個人，而在時勢。

文學反映時代的同時，有時也會先時代一步，顯示時代意志發展的趨勢。《三四郎》、《虞美人草》裡的女主角，已不是舊日本女性的後裔，已不再以溫柔、嫻靜、優雅為典範，總覺得有點像西方小說中的人物。當然這並不是說當時的社會已出現許多這樣的女性，但是，它顯示社會大眾期望、並且夢想有朝一日出現這種所謂的「覺醒的女性」。我想與我同一時代出生，與我同樣有志於文學創作的青年，或多或少都抱有這樣的夢想吧！

但是夢想與現實很難一致。日本女性因襲著古老而悠久的傳統，要想提升至西方女性的程度，需要在精神與肉體上經過數個世代的淬煉，這絕非我們一代之間便可大功告成。簡單說來，首先就需培養西方式儀態之美、表情之美、步姿之美。要讓女性高尚其志，當然必須先在肉體上做準備。想想看，西方遠有希臘頌揚裸體美的文明，直至今日，歐美都市的大街小巷仍都裝飾有神話中女神的雕像，在這樣的國家、城市裡成長的女性，自然體態勻稱、身體健康。我們的女性真要與他們並駕齊驅，擁有同等的美，我們也必須生長在同樣的神話下，把他們的女神當做我們的女神膜拜，必須將他們具有數千年歷史的美術移植到我們的國家來。不知有多少人做過這樣的春秋大夢，而且也因為這夢的實現不易無限悵惘。時至今日，我坦白招供，青年時代的我，也是其中一人。

十一

我是這樣認為的——精神上既然有所謂的「崇高的精神」，那肉體上也應該有所謂的「崇高的肉體」。然而，日本女性卻甚少人具有如此的肉體，即使有，壽命也非常短暫。據說西方女性最美的巔峰期，平均年齡為三十一、二歲——即在結婚後的數年間。在日本，由十八、九歲算起，頂多到二十四、五歲，這年齡間的處子，其中雖可偶見沉魚落雁般的美人，但多數在結婚的同時，那美也便如夢幻泡影般地消失無蹤。雖然偶也聽聞某某夫人、明星、藝妓乃絕世美女，但她們的美大抵多停留在婦女雜誌的封面上，實際照面一看，不是皮膚鬆弛，便是因長期敷粉臉上泛著暗青色的蝕斑、沉澱斑，或者是眼眶憔悴，浮現著房事過度的疲憊。特別是處子時代雪白高聳的胸部、婀娜多姿的腰部曲線，能不鬆垮下來的，可說一人皆無。年輕時喜穿洋裝的女性，一過三十歲，肩肉驟然消瘦，腰部一帶莫名其妙地鬆弛，怎樣也無法再穿洋裝，便是最好的證明。結果她們的美，只能靠和服的搭配與化粧技巧來支撐，即使楚楚動人，卻也無法讓男人跪倒腳下，無法讓男人覺得崇高。

在西方，可以有「神聖的淫婦」，也可以有「淫蕩的貞婦」，但這樣的女性類型，日本不可能出現。日本女性一旦行為放蕩，馬上會失去處子的健康與端麗，血色、儀態都會衰退，變得與賣笑女子無異，只能是下賤的淫婦。

十二

記得曾在某本書上讀過一段訓諭，應該確實是德川家康所說的，他諭示為人妻子不得貪戀丈夫寢榻，房事過後盡速回到自己床位，是長保丈夫眷愛的祕訣。這訓諭相當程度的體現著日本人厭惡「過度」的習性，然而連德川家康般精力絕倫的人，也會說這樣的話，不由得不讓人稍感意外。

我曾在《中央公論》雜誌上介紹過室町時代的小說《三人法師》。讀過的人或許還記得，其中有一節談到足利尊的家臣，有個叫糟屋的武士，有次瞥見宮中一位侍女，頓時陷入單相思之苦。平安朝的優雅之風看來仍殘留於南北朝時代的武士之間，這件事不久傳入足利尊將軍耳裡，將軍親筆寫信為糟屋牽紅線，派一個叫佐佐木的武士為使者，把信送進宮中。「將軍說道，此事甚易，不才且修函呈與陛下，令佐佐木為信使，送入二條宮……」小說原文裡，糟屋親自敘述此事始末，「……回信之宮女名喚尾上，吾官職卑微受寵若驚。斯人覆信與我，並使人專程送至我等住處。陛下隆恩，無以回報！此生夫復何求！然倘使與尾上女官相會，也不過一夜之歡，於是心生遁世之念。轉念一思，亦懼世人謂吾糟屋貪戀二條殿宮女，蒙將軍大人運籌帷幄，卻又膽怯不敢相見，遁世出家。事若至此，乃吾一生恥辱。為此，不論如何，切盼一夕之會，而後再做打算……」糟屋如此告白當時的心情5。

對職銜為「地下」的卑微武士而言，對方乃高高在上官拜「上﨟」的女官。堂堂的武士居然相思成疾，承蒙主上的美意，好不容易美夢得以成真，他一方面喜不自勝地說，「陛下隆恩，無以回報」，但另一方面隨即說，「此生夫復何求！然倘使與尾上女官相會，也不過是一夜之歡。於是心生遁世之念」，這心理可真超乎尋常！如果他是平安朝的貴族，則又另當別論；但如他是足利尊將軍的部下，想必曾經數度馳騁沙場，亂世武士如此發抒感懷，不是更令人覺得不可思議嗎？

確實，我記得西洋諺語有云，「眾鳥在天，不如一鳥在手」。然而，這武士仰慕高不可攀的高嶺之花，在峰迴路轉將有一親芳澤的機會之際，在那份喜悅還未真正實現之前，已沉浸在即將到來的幸福預想當中，說道「此生夫復何求」，並早早抱了遁世之志。而最後，他反覆思量，心想「膽怯不敢相見，遁世出家。事若至此，乃我一生之恥辱」。他並不打算事成後死不放手，徹徹底底享受那份歡樂，而是抱著「切盼一夕之會，而後再做打算」的心情去見戀人。這種心理大概只有日本人才會有，不用說西方人，恐怕連中國人也不復得見！

十三

前面提過德川家康的訓誡，雖說可能不適用於畸戀或一時天雷勾動地火式的戀愛，但是至少對那些過著正常婚姻生活的人而言，乃是相當貼切的警語；而且，我想人人也深切體悟到，事實上丈夫較妻子更為受用——只要他是日本人。我也經常有這種經驗，不用說對妻子，即使對戀人，完事後往往想暫時分開——短則二、三分鐘，長則一個晚上、一個禮拜、或一個月——回顧過去的戀愛經驗，不讓我有這種感覺的「對象」、「場合」，寥寥可數。

原因可能很多，但不管如何，日本男子在這方面疲勞的襲來都比較快。因為疲勞來得快，一作用於神經，總讓人產生幹了蠢事的感覺，讓人心情低落、心灰意懶。這或許也因為傳統的鄙視戀愛、情欲的思想，已深植腦海，因而讓人悒鬱，並反過來影響肉體也說不定。不管是什麼原因，我們在性生活上確是甚為淡然，確是不堪過度淫樂的人種。只要向橫濱、神戶一帶外貿港的賣笑女子打聽看看，就知道這是事實。據她們所說，跟外國人比起來，日本人在這方面的欲望遠遠少了許多。

十四

然而，我不想一切都歸究於我們的體質虛弱。即使我們今後運動風氣大盛（順帶一提，西方人熱愛運動，絕對與他們的性生活有密切的關係。這與為了大吃一頓山珍海味而刻意先餓肚子的道理相同），即使我們的體魄也如西方人般強健，是否便和他們一樣，需索無度？只怕仍有疑問！我們在其他方面，絕對是相當活躍、精力相當充沛的人種，這證諸於過去的歷史或當今的國勢，均可清楚明白。我們之所以不會放情縱欲，與其說是因為體質的關係，不如說是受到氣候、風土、食物、住室等條件的多方制約，不是嗎？

關於這點，我不禁想到西方人如果長期留在日本後，腦袋便會逐漸地不靈光，身體也會不知不覺地懶散，慵懶，終至無法工作。因此，他們大約每四年便要休一次假回國，在故鄉待個一年半載之後再回來。不得空閒休不了假的人，也會遷移至日本國內與歐美氣候相近的地方。據說信州的輕井澤之所以開發，完全便是出於這番考量。總之，與歐美相較，日本溼氣重得多。就連我們，在入梅的季節，往往也會神經衰弱、四肢無力。歐洲氣候乾燥，沒有入梅現象，對這些國家來的人而言，待在我們的土地，說不定會覺得一年到頭都有如梅雨季節！當然，世界上有些地方的溼氣比日本更重。我有位友人，他是上班族，長年派駐印度的孟買，偶爾回國，叫苦連天，「哎，一年到頭又溼又熱，全身上下都是汗，實在令人難以忍受。如果再派我到那邊，不如辭職不幹。」我問他，「雖說如此，但不是常常可以回國嗎？」他答道，「四年才大約能回來一次，真叫人受不了！你在那裡長期住住看！任何人都會變得腦袋空空，由骨髓開始，全身上下腐爛！因此，不管是日本人還是西方人，大家都不願意去。」後來，他真的把工作辭了。派駐在日本的外國人為數眾多，其中一定有些人的感受，恰似日本人派往孟買。

雖說太過乾燥的地方不知是否會影響健康，但除性生活之外，在飽餐大魚大肉、狂飲烈酒之後，在所有縱情恣欲的歡樂過後，接觸對流旺盛的清新空氣，仰望綺麗澄澈的青空，不但身體得以恢復疲勞，頭腦也能再度清醒。可是在溼度高的國家，因為雨水多，所以較難見到青空，特別因為日本是島國，除了離海岸有段相當距離的高原地帶之外，即使是冬天，空氣也陰冷潮溼，南風高吹之日，溼黏的海風常常讓人臉部直冒油膩膩的脂汗，引發頭痛。我並非旅行家，雖說無法確定，但是整個日本中，降雨少、溫暖、乾爽又兼交通便利之處，恐怕當數我現在住的六甲山麓一帶以及沼津至靜岡沿岸一帶了。有一陣子，醫生常勸體質虛弱的人搬到海邊去住，因而東京一帶的人流行到湘南地區休養，京都大阪一帶的人則往須磨明石附近養病。現在雖也可以看到有人從鎌倉到東京通勤上班，然而根據我的經驗，海濱地帶，冬天說溫暖確實是溫暖，但相反地，常常吹著要冷不冷要熱不熱的海風，衣服一下子就變得溼黏黏的，叫人心煩氣躁。每年的一、二月還尚可忍耐，到了三、四月，這現象便越發嚴重。如果悶熱的夏天一到，鎌倉等地，溫度計可升得比東京還高得多。為何自討苦吃，到飲用水難喝、蚊蟲猖獗的地方避暑，讓人不明所以。不知是否因為我比一般人更容易頭昏腦脹，我雖也會在鵠沼、小田原等地住過，卻幾乎沒有一天不頭部鈍痛，特別是在小田原時，我患了嚴重的神經衰弱，體重減輕得可怕。在京都大阪的須磨明石時狀況也幾乎相同，須磨明石以西到中國地方一帶，雖然降雨原本便少，看似天清氣爽，但不管怎麼說，空氣還是令人覺得黏糊糊的，從櫻花盛開的時節便開始悶熱，要是到了夏季海、陸風皆停的時節，手腳更是像要被融化一般，令人精神萎靡。姑且不論自己的身體，不管是遠眺大海，或是近觀綠葉，都像是剛畫好的油畫般閃閃發亮，上頭泛著厚重的水氣。

因此之故，日本這國家，中樞部的大部分土地，氣候都是如此溼答答的，實在是真的不適合縱情歡樂。法國一帶，不是據說即使盛夏酷暑之際，汗水也會自然乾燥，絕不會附著在皮膚上？只有在這樣的土地才有可能無饜地沉溺於性欲。光坐著不動就會令人頭痛、慵懶的地方，很難讓人想要恣意妄為的男歡女愛。事實上，瀨戶內海一帶，在夏季沒風的日子，不過只是喝上一點啤酒，也會弄得滿身大汗，搞得浴衣的衣領、衣袖都是汗漬，躺著不動，全身上下便彷彿要融化一般。在這種時候，真是欲火全消，光想到房事便覺煩躁。氣候如此，加上食物也清淡，住居的格式又不隱密，在在都大有影響。貝原益軒之所以建議人白日行房，正是基於日本這樣的風土所想出的健康法。而且，在碧空如洗下，自始至終都看得到光線，事畢再到浴室洗個澡，然後散散步，不僅較不會悒悒不樂，也較容易消除疲勞。可惜一般民家的格局都沒有密閉的房間，這建議也就很難恪遵無違。

十五

如此說來，印度、中國南方一帶潮溼多雨的地方，在這方面，理應比我們更為淡然，然而事實似乎並非如此。他們吃的東西比我們更為油膩，住的地方隔間比我們便於行事，也因此，似乎也相對地生活較恣意所欲。然而，從另一角度看，想想中國的歷史自古征服者多來自北方，再看看印度的現狀，或許正因為他們消耗太多精力在這檔子事上也說不定。物產豐饒的大國之民即便如此也還無妨，如果像日本人般汲汲營營、性情急躁、死不服輸、而且生長在貧瘠的島國，到底是無法東施效顰。不管是好是壞，總之，我們必須勵精圖治，武人用心研武，農夫勤於耕作，必須一年到頭埋頭苦幹，要不如此，國家無以為立。倘若稍有懈怠，像平安朝的貴族般繼續追求安逸的生活，立刻便會被鄰近的大國入侵，重蹈朝鮮、蒙古、越南的覆轍。這狀況從古到今依然不變，更何況我們民族好勝喜名。

我們今日能處東方偏隅而躋身世界強國之林，我們不過度貪圖逸樂，不能不說亦即原因所在！

十六

我們民族鄙於露骨地傳示愛情，再加上對色欲淡然，因此閱讀我國的歷史，女性在暗地裡的功績，向來史無明載。我由於職業上的關係，常常想要以過去的人物為題材撰寫歷史小說，但弄不清楚該人物與周遭女性的互動，卻總是令我苦惱萬分。不用說，史上的英雄豪傑也一定私底下有著某種形式的戀愛事件，只有大膽地將這方面描寫出來，才能讓主角有血有肉。因此豐臣秀吉寫給側室淀君的情書真是彌足珍貴，但此種文書流傳於世的比率不高，即使有也是鳳毛麟角，歷史專家曠日費時，好不容易才能有一星半點的發現。更甚者，歷史上一些著名人物，連有無正室也不得而知。即使說一定確定乃人母所生，然而有時其母之秉性、姓名也無從得知。在諸家系譜上搜羅尋覓之人，應該常常有這種感慨吧！事實上，日本自古以來，說到書寫系譜一事，上自皇族下至平常人家，儘管對男子的行動有比較詳細記載，但對女子，卻只簡單地以「女子」、「女」記入了事。生年、卒年、姓名盡皆不詳，可說稀鬆平常。亦即，我們的歷史裡有個別的男性，卻無個別的女性。女性，正如系譜所示，永遠只是一個「女子」——或者「女」字而已。

十七

《源氏物語》裡有〈末摘花〉一卷。一位為源氏的戀情穿針引線，名叫大輔的命婦（譯註：律令制度下宮女職銜，亦可用於稱呼五品以上官員之妻子）向源氏提及故常陸親王的千金，「無從深知心性、相貌如何，但知生性嫻靜，不喜交際。時時隔著幃帳與人交談，似乎只好與琴為友」。於是，秋晚，二十日左右某個月夜，源氏悄然探訪遺世獨立幽居破敗府邸的皇女。皇女開始只是一味羞怯避不見面，但在命婦苦口婆心的勸誘下，皇女終究無法硬著心腸回絕，說道[6]：「如果只是靜靜聽著無需作答，那麼就隔著紙窗相會吧！」讓源氏待在窗外未免太過失禮，命婦於是請源氏進一房間，中間放置一屏風，好使兩人相會。源氏雖然未見皇女姿貌，但覺「屏風對面，皇女被侍女勸說挪移座位向前時，衣香悄然襲來」，然而不管源氏在屏風這邊說了什麼，皇女始終一聲不響。源氏於是賦歌：

千言萬語，
終因你的沉默而噤聲。
指盼你，
莫再一言不發！

最後無計可施，只得閉嘴。這時，在屏風裡側做陪的侍女代皇女接口酬答：

你緘口無語，
乃我之過。

為何啞口不能言？

我亦莫可奈何！

在這樣的應對下，源氏最後終於得以推開屏風的阻礙，登堂入室，與皇女共度良宵。但由於室內昏暗，源氏始終不清楚對方的長相、氣質。如此，源氏在不知皇女容貌的情況下，長期私通。在某個降雪的清晨，源氏親手打開面向庭院的窗子，凝視園林的雪景，一面恨恨地說：「天色美妙，一同來觀賞吧！老是生生疏疏的，教人難堪！」侍奉的老婦人也齊聲勸道，「快出去吧！否則失了禮數！」皇女終於梳妝打扮，首次露出廬山真面目[7]。

〈末摘花〉這時寫到，方此之時，源氏才知道原來這皇女有一顆紅鼻子，並打趣地提及就連源氏也因此興趣索然。然而這樣的趣事之所以得而成立，或可看做當時就算不知對方長相，亦可能長期私通。首先，撩起事端的大輔命婦說，「心性、容貌……無從得知……時而夜晚中置屏障隔座相談」，可見她也未能親睹皇女尊容，恐怕只是隔著幃帳之類的東西說話而已，唯一正確的只有「好撫琴自樂」，其餘都是不確定的口頭承諾。然而這樣信口雌黃的撩撥法也不失為一種撩撥法，但僅憑一面之詞便冒然上鈎，並且在不明對方底細之下便共赴春宵，以今日的眼光看來，男方未免太富有挑戰精神。如果是重視個性的現代男子，說不定會逢場作戲，來個一夜情；但像源氏般真的投入感情，享受戀愛的感覺，現代人只怕做夢也想不到。然而，如前所述，這在平安朝貴族間，確實相當普遍。女人正如字面上所述乃「深閨佳人」，終年深居翠帳紅閨之內，加上那時屋內採光不佳，連白晝也昏昏暗暗的，更何況是燈光暗淡的夜晚？可以想像，即使同處一室，口鼻相觸，也難以分辨對方容貌。總之，在幽暗的深院裡，當時的女性樹起幃帳之類的重重簾幕，在陰影中悄然困守終生。因而男性接觸女性的感覺，只剩下擦衣之聲、焚香之味。即使貼身接近，也只能感受到探手而得的肌膚及長髮披散的觸感。

十八

這裡稍稍說一些題外話，十多年前，我曾在現在的北平、當時的北京待過，那時感到夜晚漆黑異常。最近那都市也設置了市內電車，街衢想必也明亮、熱鬧許多。可是當時正值世界大戰戰況難分難解之時，紫禁城除了煙花巷、戲院等繁華地之外，其他地方，太陽下山後，真的是伸手不見五指。主要的大街上或許還搖曳著些燈火，但只要往小巷子一鑽，馬上一團漆黑，連螢火蟲般的亮光也見不到。大概是因為那邊的房子都圍著高高的土牆，結構像座小城堡，大門緊閉，門板連一寸的縫隙也不露，而門內又樹立著一面叫影壁的牆垣，猶若屏風。由於重門深鎖，因此屋內一點燈光、話語也不會外漏，只有默然無聲的土牆在黑暗中綿延，如同廢墟一般，令人不寒而慄。剛開始我毫不在乎地在牆與牆之間的彎曲小徑行走，但無論走到何處，都太過漆黑，太過安靜，不久，便拔腿衝了出來，彷彿後頭有什麼東西在追趕。

近代的都市人大概不知道什麼叫做真正的夜晚！不，不用說都市人，當今就連窮鄉僻壤的農村街道，也都已設有路燈，黑暗國度不斷地被人驅離，人們已將夜晚的黑暗盡皆拋諸腦後。當年，我行走在北京的黑夜之中，才領悟到，這才是真正的夜晚！我已將夜晚的黑暗忘卻多時！不禁想起自己幼時，在朦朧的行燈燈火下安眠，那時的夜晚是多麼地淒冷、寂寥、駭人、狂野！不可思議地，也同時心生懷念之感。

至少，在明治十年代出生的人，或許還記得，當時東京夜晚的街道，剛好與北京差不多。至今記憶猶新，由茅場町的自己家到蠣賣町親戚家，要渡過鎧橋，距離約只五、六百公尺，我那時經常和弟弟上氣不接下氣的狂奔而過。當然，當時即使舊市區的正中心，在夜裡，沒有女人敢一個人出來走動。十年前的北京和四十年前的東京是如此光景，那麼距今將近千年的京都，夜晚的漆黑與靜寂，又當如何？想到這裡，我腦中不由得浮現出「夜若黑珠」、「夜如黑髮」的比喻，對纏繞在古代女性身上的幽婉、神祕之感，更能心領神會。

十九

「女人」與「夜晚」，從古至今就密不可分。但相較於現代的夜，燈光的眩惑與光彩勝過日光，女人的裸體被映照得一覽無遺；而古代的夜，則以神祕的黑暗為帳，將原本便閉居深閨的女性姿容籠罩其中。渡邊綱（譯註：九五三—一〇二五，平安中期之武士，為源賴光之四天王之一。傳說曾打敗大江山的酒呑童子、羅生門的鬼等妖魔）在戾橋和鬼女相遇，源賴光被蜘蛛精襲擊，這些場景，有必要認識到都是發生在上述淒厲的夜裡[8]。和歌有曰「住江江邊浪拍岸，相思苦，夜夢亦難見」，還有一首和歌如此歌吟，「思君切切，夜森森，孤枕難入眠，反穿衣，盼相見」，除此之外古人尚留存許多歌詠夜晚的和歌，這些和歌，只有在這樣的前提下思考，才能夠感同身受。在古人的感覺中，晝、夜或許是兩個截然不同的世界。白晝的光明與夜晚的漆黑，誠然不可同日而語。一旦天明，昨夜駭人的黑暗世界便立刻被拋諸千里之外，晴空千里，太陽熠熠生輝。這時仰望旭日之光而懷想昨夜之事，會覺得夜晚這東西真如夢幻般的不可思議，總覺得不是這世上應有之物。和泉式部因此歌云「春宵恍如夢，不妨曲肱為枕」，回想在虛幻、短暫的夜裡枕邊細語，即使不是和泉式部，也一定會有「恍如夢」的感受。

女性事實上就躲藏在那暗無天日的夜色深處，白天無法拋頭露面，只能在「恍如夢」的世界裡如幻影般地現身。那姿態如月光般蒼白，如蟲鳴般低迴，如草露般澄脆，要言之，乃魑魅之一，乃黑暗的自然界裡誕生的淒艷。古時男女賦歌贈答，往往好把戀情比做明月、比做露水，這些比喻的意義，絕對比我們想像還要深刻。一夜春宵，好夢方醒，朝露沾溼衣袖，情郎輕踩庭院青青草葉離去，想起他，露水、明月、蟲鳴、戀情，其間關係密切結合，萬分緊密，時而讓人感覺融為一體。有人攻擊《源氏物語》以後的古代小說，其中出現的女性性格雷同，缺乏個性描寫。然而古代的男性並不眷戀女性的個性，也不被特定女性的美麗容貌、性感身軀所吸引。對他們來說，正如千里共嬋娟，明月總是同一個明月，「女性」也永遠只有一個「女性」。他們在黑暗中感受女性的存在，聆聽輕聲細語，嗅聞衣香，觸摸秀髮，撫玩香潤玉溫的肌膚；而這些在天一破曉便消失無蹤的感受，或許就是他們心目中的女性！

二十

我曾在小說《食蓼之蟲》中，借主角的感想，如同下述般地介紹文樂座的偶戲[9]，

……聚精會神凝視良久，連操偶師也終於在眼界消失，小春現在不再是操偶師文五郎抱在手裡的精靈，而是結結實實地坐在榻榻米上，栩栩如生。即使如此，她給人的感覺，與演員扮演的也不同。梅幸、福助不管演技如何高明，還是會讓人感到「她是梅幸」、「她是福助」，但這個小春卻純粹是小春，絕不是小春以外的任何人。有人說人偶

缺乏真人演員的表情，但是仔細想來，古代的青樓女子，只怕不會如戲裡演的一般，明顯地將喜怒哀樂形諸於色。活在元祿時代的小春，只怕是個「人偶般的女子」吧！事實上即使並非如此，來聽淨瑠璃的人，心目中的小春絕不是梅幸、福助所扮演，而是這人偶所呈現的姿態。古人理想的美女絕不輕易表露個性，謹言慎行，因此這人偶小春剛好恰到好處，超過此限過於突出，反而適得其反。說不定古人認為小春、梅川、三勝、阿春每個人的長相都一樣。總而言之，這人偶小春不正是日本人傳統中「永恆女性」的倩影？……

這種情況其實不限於人偶戲，如果看看繪卷、浮世繪中所畫的美女，也會同樣的感受。依據時代、作者的不同，美女的類型雖也會有些許變化，但自著名的隆能源氏以降，繪卷中美女的容貌，便大同小異，完全沒有個人特色，甚至讓人不禁懷疑是否平安朝的女人每個人的臉都長得一樣。浮世繪也大同小異，除了演員的畫像之外，只要畫到女性容貌，雖說歌麿有歌麿偏好的臉，春信有春信喜歡的長相，但同一畫家筆下的臉孔都是千篇一律。儘管他們取材的女性類別計有妓女、藝妓、商家姑娘、侍女以及其他種種，卻總是相同臉龐，不同的只是衣著、髮形而已。如此，各個畫家所畫的美女，都擁有他們理想的臉龐，我們可以從這眾多的美女圖中，想像出「美女」的共通典型。當然，往昔的浮世繪巨匠，非無法分辨模特兒的個人特色，也並非技術不佳無法描畫出這些特色。這恐怕是因為他們認為，唯有消除這些個人色彩才能更加優美，並且相信，這樣才是繪畫的真髓。

二十一

一般所謂的東方式的教育方針，與西方式剛好相反，以盡量抹殺個性為特點。比如說在文學藝術裡，我們的理想並非開創前所未有的新的美學形式，而在追求古代詩聖、歌聖已達到的境界。文藝的極致——所謂的美，乃千古不變，歷代詩人、歌人反覆吟唱同樣的東西，努力登峰造極。和歌有云，「山道多岐，共觀高嶺山月」，松尾芭蕉的境界易言之也正是西行法師的境界，即或隨著時代的不同，文體與表現形式也產生差異，可是目標所在，最後都是同一個「高嶺山月」。比起文學，這情況在繪畫——特別是南畫，尤為一目了然。南畫中的佳作，山水也好，竹石也罷，雖然個人技巧不同，但是從中所得的一種神韻——不知說是禪味、風韻，還是煙霞之氣——總之，如大徹大悟般的崇高之美，讓人的感覺總是相同。南畫家的最終目的畢竟還是追求同樣的意境。因此，南畫家每每在自己畫作題字，附加「仿某某筆意」的但書，亦即掏空自己，蹈襲前人足跡。如此想來，古代中國畫作中贗品極多，而且贗畫中唯妙唯肖之作不少，這恐怕不全是為了欺騙別人而畫。或許對畫贗畫的人來說，問題不在個人名利，而在是否能與古人同，他們說不定以此為樂！其證據便在雖為贗品但實際上作畫精心細密，有能耐以假亂真，畫者必須有相當本事以及旺盛的創作熱情，絕非利欲薰心之徒可以做得到。由於主要目的在窮究古人創造的美的境界，而不是自我主張，因此作者是誰、姓名為何也就無關緊要。

孔子在政治上遠宗堯舜，以復古為理想，總是主張「先王之道」。這種不斷以古代為模範，企圖復古的傾向，雖是阻礙東方人進步的原因，但不論是好是壞，我們的祖先全是這種心態，在倫理道德修養上，比起自我的確立，總是以恪遵先哲之道為先。特別是女性，不是往往抹殺自我、壓抑私人感情、任個人所長埋沒，努力以「貞女」為典範框限自己嗎？

二十二

日語中有「色氣」一詞。這詞語西方語言實在無法翻譯。最近英國作家艾莉諾・格林（Elinor Glyn）發明的「It」一詞，由美國傳來日本，但它與「色氣」的意義差距甚大。電影中性感的克拉拉・鮑芙（Clara Bow），確是千真萬確的「It Girl」，但恐怕也是與「色氣」最無緣的女子。

過去日本常說，家有公公婆婆，媳婦反而會更有「色氣」，而丈夫也欣喜此種嬌態。今日的新郎新娘，即使父母尚在人世，大多也是分開居住，可能有些難以理解上述心理。由於有公婆在，新娘子事事有所顧忌，只能暗地裡向丈夫撒撒嬌，尋求撫慰——但在那若無其事的態度之中，還是透露出蛛絲馬跡——那姿態，對大多數男人而言都有無以言表的魅力。比起放縱而露骨，情愛壓抑在內心，若隱還現，無意間流露於言行舉止之中，更令男人心癢難搔。所謂的「色氣」，大概便是指此種情愛的微妙感受。表現的露骨，讓人不覺得微微然、纖纖然，越是積極越是缺乏

「色氣」。

「色氣」本來便是無意識中產生的，有人與生俱備，亦有人天生便無，無此種稟賦之人，即使再怎麼努力想要散發出「色氣」，也只是越發不自然。有些女子貌美但毫無「色氣」；相反地，亦有些女子或許長得不好看，但聲音、膚色、體態都在在散發著不可思議的「色氣」。西方女子單就個別女子而言，雖說一定也有這樣的差別，但化粧法、愛情的表現法都太過技巧化、太富挑逗性，為此「色氣」大多淪喪無存。

天生帶有「色氣」的女子自不在話下，無此稟賦之人，把心中深處的情愛——或者說是情欲——盡量蘊藉含蓄，更為沉潛，反而會因這種心態而產生一種風情。如此看來，對女子施以儒教、武士道教育——換句話說，如同女子大學般以教育出貞女為目的；在另一方面，反而會造就最具「色氣」的女子。

二十三

東方女性，姿態之美、骨骼之美雖遜於西方女性，但皮膚之美、肌理之細，據說勝過她們。根據我粗淺的經驗，確是如此。不僅很多精於此道之人也同意這看法，西方人中，亦有不少人抱有同感。而我事實上還想更進一步的說，在觸碰的快感上（至少對於日本人而言），東方女子亦優於西方女子。西方女子的肉體，無論是色澤、比例，遠眺時頗具魅力；但近觀則肌理粗糙，遍體汗毛，意外地讓人掃興。而且，她們乍看四肢修長，似乎是符合日本人喜好，結結實實的，但是實際握握她們手足的話，會覺肌肉鬆弛、軟趴趴的，手感不佳，沒有彈力緊緻的充實感。

換句話說，由男性角度來看，可以說西方女性宜於遠觀不宜近處抱擁，東方女性則可說恰恰與之相反。據我所知，雖說論皮膚之滑潤、肌理之細膩，以中國女性為最，但日本女性的肌膚也遠遠較西方女性細緻的多。即使皮膚不如西方女性白皙，但有時候，那略帶淺黃的膚色，反而更添深邃之美。畢竟，從古時《源氏物語》的時代到德川時代，日本男人沒什麼機會在燈火通明之處，飽覽女子全身，總是只能在燈影暗淡的深閨中，手撫其中某些少數部位而已。因此，我想日本女性肌膚之美，是自然發達的結果。

二十四

克拉拉・鮑芙式的「It Girl」與女子大學式的「色氣」，孰優孰劣，雖說端視個人好惡而定，但是，我不由得擔心，在今日美國式暴露狂的時代裡——自脫衣舞流行後，女性裸體便再也沒什麼稀奇，時代演變如此，「It」的魅力不也會漸漸消失嗎？不管是怎樣的美女，全身脫個精光之後，便露無可露；一旦大家對裸體見怪不怪之時，好不容易才醞釀出來的「It」，不再也無法挑逗人心了嗎？

1 詩作日譯參見《倚松庵隨筆》（昭和七年四月刊）頭注。

2 如費諾羅薩（Ernest Francisco Fenollosa）般，介紹奈良的古美術至西方，並發掘狩野芳崖、橋本雅邦的人，則為西方人中的例外。

3 刑部卿敦兼，面貌醜陋，世所罕見。但其夫人卻貌美如花。一日，夫人觀賞五節之舞時，見俊秀之士雲集，對自己丈夫其貌不揚，心生嫌惡。回到家中，不言不語，佯佯不睬敦兼。敦兼一時間不知發生何事，夫人對敦兼的厭惡卻日益月滋，簡直無法與敦兼共居一室。某日，刑部卿上朝，入夜歸宅，客堂燈火俱熄，脫衣亦無人幫忙收拾。婢女皆仰賴夫人鼻息，無人敢出頭。無可奈何，敦兼推開候車小門，獨坐沉思。夜闌更深，月光與風聲沁人心脾，對妻子的憤慨不由地湧上心頭。為了澄心清意，敦兼取出篳篥，吹出應時的音色，反覆吟唱，

圍籬內的白菊花！
花色憔悴令人心悲。
我的結髮妻子，
冷了心腸如同花朵凋萎！

夫人聽了後，旋即與敦兼和好如初。之後，兩人恩愛異常，這完全是因為夫人心性優婉。

——古今著聞集

4 《今昔物語》中除此之外尚有許多有關女賊的故事。芥川龍之介的小說〈偸盜〉，便是從《今昔物語》中得到靈感，以平安王朝時代的女賊為主角。

5 原文接下來如此陳述：「而後再做打算。某夜立定決心，雖說不覺行事妥當，但仍出發入宮。糟屋召喚三名隨從為伴，在嚮導的引領下，深夜進入二條殿。只見和室潔淨，點綴以屏風、中國畫，四、五名相同打扮、風姿綽約的宮女簇擁糟屋而入。酒過二、三巡後，品茶、焚香種種雅戲不一而足。然而與尾上女官僅只一面之緣，到底哪位方是心上人？糟屋只覺每位宮女皆是美艷動人，困惑不已之時，忽聞舉杯相敬之聲，慌忙近身向每人敬酒，忽有一人，退離數步。糟屋靈光一閃，頷悟此人正是尾上女官，立刻舉杯相敬。夜盡天明，鳥囀八音相告，諸寺鐘鳴相催，情侶分離之時到來……其後，或糟屋入宮與尾上相會，或尾上不時潛步糟屋下榻處」。如此看來，見面之後，最初的覺悟似乎把持不住，兩人的關係維繫一段時間。故事的結局，宮女後來為盜賊所殺，武士也終於情絕出家。這樣的情節，整體來看可說是淡淡的愛情故事。

6 原文日文古文為，「さすがに人のいふことは、つようもいなびぬ御心にて、いらへきこえで、ただきけとあらば、かうしなどさしてはありなんとの給ふ」。

7 原文日文古文為，「かうし手づからあげ給て、まへの前栽の雪をみ給ふ、ふみあけたる跡もなく、はるばるとあれわたりて、いみじうさびしげなるに、ふり出てゆかんこともあはれにて、をかしきほどのそらもみたまへ、つきせぬ御こころのへだてこそわりなけれと、うちみきこえ給ふ、まだほのぐらけれど、ゆきの光に、いとどきよらにわかうみえ給ふを老人どもゑみさかえてみ奉る、はや出させたまへ、あぢきなし、心うつくしきこそなどをしへ聞ゆれば、さすがに人のきこゆることをえないなひ給はぬ御こころにて、とかう引つくろひてゐさり出給へり」。

8 翻看《拾芥抄》〈諸頌之部〉，古人在夜裡遭遇鬼怪，會唱頌的咒文有以下諸例。首先，在夢中見到時，會到桑樹之下，對桑樹述說夢境，唱頌三回「惡夢著草木，吉夢成寶玉」。或者向東灑水，反覆唱頌二十一次「南無功德須彌嚴王如來」。另，亦有記載在走夜路時會在左手掌寫上一個「鬼」字。

9 參照改造社出版《蓼喰ふ虫》第四十五、四十六頁。

客ぎらい

厭客

記得確實是寺田寅彥氏的隨筆中所載，曾讀過他寫有關貓尾巴的文章，他說不知道貓長那樣的尾巴有什麼用處，看似完全無用的多餘長物，人類的身體沒有附著那樣礙手礙腳的東西，是一種幸福。我反對這樣的論點，我常常在想如果自己也有尾巴這樣方便的東西就好了。喜歡貓的人，每個人都知道，飼主叫喚貓的名字時，貓如果懶得喵一聲的回答你時，會默不作聲，只稍稍搖尾巴算做回答。當貓蹲坐在屋簷等物之上，前腳優雅地彎曲，表情似睡非睡，神情恍惚地享受日光浴時，你不妨試著叫牠的名字！如果是人類，會覺得煩死了，人家好不容易才沉浸在好心情當中，因而煩惱起究竟是大費周章地立刻回應是好，還是裝睡好呢？貓則絕對會採行中庸之道，用尾巴來回答。而且，身體的其他部位一動也不動——雖然同時耳朵會微動，朝出聲音處轉去，但暫且不論耳朵——眼睛半閉，絕對不會再多張開一點，寂寂然，保持原來的姿勢，依然故我地打瞌睡，只有尾巴的末端，輕搖個一、二次給你看。如果再叫一次，牠會再輕輕搖擺。如果執拗地一再呼喚的話，牠會拒絕回答，但如只是叫牠二、三次，貓一定會用這方式回應。人們看到牠尾巴的動作，知道貓尚未睡著，但有時貓其實已大半入睡，搖尾巴或許只是反射性的動作。不管怎麼說，牠以尾巴回答的方式，意味有一種微妙的表達方式：出聲相應太過麻煩，默不作聲又太失禮，就先用這種方法打招呼吧！雖然感謝你殷勤呼喚我的名字，但事實上，我現在很想睡，可不可以放我一馬？那慵懶又善體人意的複雜心情，藉著這簡單的動作，巧妙地顯現出來。人類沒有尾巴，因此面對這種情況，無法有如此恰到好處的舉止。雖不知貓是否有如此纖細的心理作用，但由那尾巴的動作來看，無論如何，都讓人覺得牠們是這樣的意思。

二

我為何提起這樣子的事呢？別人我不知道，我事實上一直希望自己也能有條尾巴。這完全是因為有時候你不得不羨慕貓。例如，坐在桌前執筆、或是思索時，突然有家人進來，說些瑣碎的事。那時候，如果有條尾巴，只要稍稍搖二、三次尾巴末梢，就能不理會人，繼續執筆，耽於思索中。而家中如有訪客，則讓我更加痛感尾巴的必要。不喜歡客人來訪的我，除非來訪的是久未聞面、志同道合的同志或敬愛的朋友，我自己很少主動心甘情願地與人面對面的接觸。由於與人相見總是心不甘情不願的，因此除非有要事商談，如與人天南地北的閒聊，只要過個十分、十五分，便厭煩不堪。因此，這時自然便只有光聽人家講的份，客人自說自話，我的心思則跟談話的主題嚴重脫節，向無何有之鄉飄然遠去，完全置客人於不顧，追驅恣意的幻想，往剛剛住筆的創作世界飛去。因此，雖然時而「嗨」、「嗯」地回答，但漸漸心不在焉，答非所問，不免若有所思。有時，警覺到自己的失禮，自我警惕，但這樣的努力無法長久持續，過不久，又會立刻心神遊離。在這樣的時候，我每每想像自己好像也長了一條尾巴，屁股不由地癢了起來。有時不免連「嗨」、「嗯」都省下來，光搖著那想像中的尾巴默不作聲。只可惜與貓尾巴不同的是，對方看不到想像中的尾巴，即便如此，就我個人的心情而言，搖不搖這條尾巴是有些不同的。因此，就算對方無法明白，我不想開口時仍打算光搖這條尾巴當做回答。

三

我到底是何時開始如此地——就如羨慕起貓尾巴般地——吝於與人談天說地，討厭起客人來？到底原因何在？每每思及此一問題，自己也是不清不楚。如辰野隆（譯註：一八八八—一九六四，法國文學研究者、隨筆家；在東大講授法國文學，門下作家輩出）般的老朋友，大家都知道，我由中學到高中、大學時代，絕不像現在這般沉默。辰野是出了名的健談，我的能言善道，也不比他差。我善於操弄東京人特有的巧辯，讓人不明所以、甘拜下風。無論是勸誡人，或是促狹戲謔人，我也絕不落於人後。而漸漸變得沉默寡言，是因為開始寫起東西來。但是究竟因為變得沉默所以討厭客人來訪，還是因為討厭客人來訪所以變得沉默寡言？我想大概是討厭客人來訪——換句話說，討厭交際應酬——在先。為何變成作家便討厭交際應酬？關於這點說來話長！我從小在日本橋的下町長大，父親乃投機商人，如此的我，品味奇特，總覺得當時人稱文士、藝術家的人們是鄉巴佬，厭惡他們所散發出的土味。當然，他們之中雖說不多，但並非沒有土生土長的東京人。然而以早稻田派的自然主義作家為代表，他們大多是鄉下出身，散發出來的氣質，怎麼說都很土裡土氣。我亦曾稍稍受過他們的感化，試著留一頭亂髮，穿著邋裡邋遢，但過不了多久，便厭惡起來，之後便盡量打扮的不像文士。穿洋服時，不是穿正式的西裝，就是黑色上衣配條紋西裝褲，要不然的話，就身著晨禮服。帽子最常戴圓頂窄邊禮帽。穿和服時，不是結城紬，就是大織再配上素色的羽織，並總是將角帶繫得緊緊的，一副做生意的町人模樣，乍看之下像是商店的少東。這樣的打扮，招惹來小山內君等人的反感，被說活像討人厭的房東，遭受排擠，如此一來，我和以前的同伴也漸漸地疏遠。我不喜歡鄉土味，自然也不喜歡書生味，除非對方特別值得與之交談，甚少與人爭辯文學、藝術相關的看法。再加上我有個信念，認為文學創作者無需朋黨結群，必須盡量孤立較好。這信念至今仍未稍變。我敬慕永井荷風氏，正是因為永井氏乃貫徹孤立主義的實行者，正是因為未曾有任一文人如永井氏般將這主義執行得如此徹底。

四

就這樣漸漸地，一開始，我只是厭惡交際，但並未變得沉默。雖說因為與人接觸的機會變少，因此也較無逞口舌之利的需要，但想說的話還是能說。我天生的能言善辯，又能說流暢輕快的江戶腔，因此自信只要願意，隨時都能舌燦蓮花。事實上，剛開始確是如此，但任何事物不常使用的話，機能便會漸漸衰退，不知何時，我真的變得不擅言語，想像以前那樣的說話，也力不從心。如此一來，對開口說話一事，又變得興致缺缺。如此，六十三歲的今天，討厭交際應酬與沉默的毛病，越來越嚴重，自己有時也莫可奈何。於沉默這點上，吉井勇或許更在我之上，但吉井雖然沉默寡言，卻不討厭與人來往，話雖少，也始終掛著笑臉，讓人舒服。我心情一不好，馬上顯露在臉上；覺得無聊的話，便在人面前打呵欠。諸如此類行止不一而足。只有在喝醉酒後多少會想說點話，但試著開口後，到底無法像以前般滔滔不絕；結果，只是比平常稍為饒舌，聲調高了些。如此，對現在的我而言，日常生活中，最為棘手的，便是面對訪客。有意義的話，即使辛苦也非得忍耐不可。但如前所述，我奉孤立主義為信條，認為在我想見人時，見我想見的人，並且會面時間長短以我願意忍受的範圍為限，除此之外，盡量不要相見。因此，不得不說來拜訪像我這種人的客人，有些可憐。但儘管如此，訪客卻絡繹不絕。戰爭期間疏散到鄉下時，我暫時逃離此難。但自從在京都置產後，客人卻一天一天多了起來。

五

再加上隨著已至老年，多年來所抱持的孤立主義，有加以強化的更佳理由。為什麼呢？就算我再怎麼討厭交際，六十幾年來，認識的人也增加不少，與年輕時相比，現在我的交友圈已擴得非常廣。年輕時，或許有必要多多探索這世界，多認識一個是一個；現在的我，也不知還能再活幾年，而大概還能活著的期間，其間的工作也幾乎都預定完成。想起那工作量，多到在有生之年，似乎無望大功告成。對我而言，傾我餘生，一點一滴地按表操課，由出發點執行到終點，已經是極限，也沒有必要再多認識人，探索這世界。因此只能希望他人盡可能不要打亂、干擾我預定表的實行。如此一說，聽來好像我始終努力不懈、珍惜寸陰，始終熱中於工作，但實際上剛好相反。年輕時，我寫東西的速度是出奇的慢，老來，又有種種生理性障礙——例如肩膀酸痛、眼睛疲勞、以及因神經痛而手腕不聽使喚等等——讓我的這種習性更形惡化。寫完一張稿紙，其間若不休息片刻，或在庭院散步，或繞步書房，耐力便無法持續。即使說是在工作，真正執筆的時間比例很少，悠哉的休養的時間遠而為多。總之，一天中，諸事皆備而能順順當當地動筆，下筆不休的時間，只有一星半點，也正因此，如果被干擾的話，受害也越大。有些訪客宣稱只要見個五分鐘、三分鐘，但為了那三分鐘、五分鐘，靈感因而中斷，再回書齋時，也無法立刻接手，往往因而忽然憑空浪費了三十、四十分鐘。不管怎麼說，都會因為如此而停筆不前，與被打擾的時間長短，沒多大的關係。因此，近來的我盡量縮小交友圈，至少範圍不要比現在更大，盡量不要認識新的朋友。以前雖說討厭交際應酬，但往往對美女例外，有人介紹美女給我認識，或者美女來訪，往往網開一面，但現在連美女也沒多大興致。雖說我至今依舊喜歡美女，但年紀大了後，對美女的要求，也變得異常挑剔，一般人認為的美女，特別是今日的摩登美人，在我眼裡不但一點也不美，反而盡是心生嫌惡。對於佳人，我有我私下悄悄設立的標準，但能符合這標準的，實在是如曉天之星，我也不認為這樣的美女會頻頻出現。因此，我寧可保持現狀，與至今認識的幾個佳人，繼續保持友誼，如此便心滿意足。而我老後的人生，這樣也已十分精采，不想要再有這以上的刺激。

六

拒絕訪客有種種方法，最普通的方法就是假裝不在家。因為對出面應對的婦女、小孩而言，比起瞎掰麻煩的藉口，說「現在他不在家」，是最簡單的。我討厭這個方法，因此告誡家裡的人，盡可能有禮貌地讓客人徹底明白，「現在他雖然在家，但不見沒有介紹信的人」。不管怎麼說，為了客人說謊都是不愉快的事——在狹小的家中，因為說謊的緣故，不但無法上廁所，也不能打嗝、打噴嚏——如果不清楚的表明即使在家也不見客的話，有些客人會來個兩、三次，由於我家交通不便，對客人也會造成許多困擾。但是如果出面說明的是男丁的話還好，女人出面的話，往往多說些客套話，將意思弄得模糊。雖然我表示無論如何，即使對方生氣也無所謂，定要說個清清楚楚；但有些客人會動怒，或詰問原因，或堅持不肯離開，女人在這種時候，都絕對不願出面。即使如此，我也堅持不出面應對。因此，應對的人，如同夾心餅，始終左右為難。如果客人遠從東京等地而來，雖說拒人千里之外有些不忍，但我仍然徹底執行鐵則，不見沒介紹信的人，而能認同我做法的人，反而之後與我交好。其中有些客人會提起我朋友的名字，說什麼乃某某先生懇意推薦，或是說正想請某某先生寫介紹信，既然如此，即使麻煩，我也會請他們向某某君要到介紹信後再來。這樣一說，這一種人一般從此之後便不會再來。真的帶介紹信的人當然一定見，但我的朋友已了解我的脾氣，很少引介麻煩的客人過來。

七

不知東京是否會如此，在京都，常常有人邀請我參加所謂的餐飲會。如果是座談會的話還可以理解，但並非座談會，餐飲會往往真的只是招待你去大吃大喝。出席人數多的話，光是交換名片便會讓認識的人變多，僅只如此，我也覺得麻煩，再加上我這老人對食物便如同對美女，有種種難以退讓的講究，因此人家請客，對我來說絕不是件可喜之事。特別是由戰時到現在，要吃古式料理，如果沒有關係好的人引薦，並投下大筆金錢的話，是吃不到的。對我們普通人來說，古式料理乃可望不可及的佳肴，因此招待的人，大概認為這是施與天大的恩惠。另外，他們可能也想以我們文學者來佐味，從中攝取養分。如此一說，最近倒是流行一種不可思議的綜合料理，以「攝取養分」為目的。去年去東京時，被招待到某遠離大街的料理屋，菜色有鮪魚生魚片、牛排、天婦羅、炸肉排等等。另外，我在某鄉下的旅館，晚上吃到份量驚人海鰻魚火鍋，隔天吃到烤肉。本以為只有小店、鄉下地方才會如此搭配，但在京都市中心的旅館（？），我也吃過類似的料理，也不知是日本料理、中華料理、還是西洋料理，反正都混在一起。總而言之，這種搭配法，無非是認為我們平常只能吃配給食品，只能趁著這個機會大量攝取營養，至於料理的做法等等，都一概不講究。只能說這樣的料理太瞧不起人，也太不講品味。以我的年齡來說，我算是食量大的，端上桌的菜，除非特別難吃，通常我都一掃而光。因此總是吃飽後，才意外發覺塞了許多無聊的東西進胃裡。而最令人生氣的是，因為那天的牛飲馬食作祟，之後兩、三日會食欲減退，好不容易家人親自做了自己喜歡的東西，想在自宅悠哉地享用晚餐時，反倒無法下嚥。對老人的身體而言，太過油膩的料理有害健康。因此比起這樣的料理，家庭料理對味噌、醬油的使用既經過酌量，又適合自己口味的，反較令人吃得開心。而實際上，最近，比起市面上料理屋，自宅的材料較令人安心，油炸的東西，如果不使用自家純質的食用油，我絕不輕易動口。簡而言之，我被人招待用餐，只有與會者全是我喜歡的人、出的料理我愛吃、而且時間不干擾我工作，我才願意出席。但事實上，即使上述條件一應俱全，我也往往意興闌珊。

旅のいろいろ

旅行的種種

確實應是德國人沒錯吧！我記得某個外國旅行家說過，日本受西方影響最小，風俗習慣、建築等各方面保存最多古日本之美的地方，是北陸的某地。而這外國人每到日本必以到此地旅行為樂。至於該地地處何處？他則祕而不宣。他雖著作等身，但絕不在著書中透露地名。因為他擔心這地方一旦為世人所知，都會的遊客們將蜂擁而至，而當地人也會大肆宣傳、整修，結果反而將本來的特色破壞殆盡。在美食家當中也有些人與這位外國旅行家的想法心有戚戚焉，他們發現某家好吃的店後，也往往不告訴朋友。雖然這種做法相當私心自用，但這樣的店家大抵只有小規模的營業才精緻美味，如果生意興隆，馬上會擴建，外觀或許變得氣派，但用料的品質下滑，偷工減料，服務態度也會馬虎起來。因此，還是不告訴別人，自己一個人偷偷去吃比較好，這樣不但可以永遠享用佳肴，也不會寵壞店家。事實上，在關於旅行方面，我亦取經於這外國旅行家，是他的追隨者之一。我喜歡的地方及旅館，除非朋友殷殷相求，很少對外張揚，更忌諱在文章中大書特書。說起來很矛盾，如果偶爾住到一家讓你賓至如歸的旅館，待客親切，住宿費又低廉，但相反地，這旅館卻又門可羅雀，知名度不高。看到這種情況，基於回饋的心理，想要為它大力宣傳，才是人之常情；然而像我這種以舞文弄墨為業的人，卻會故意隱瞞，讓人性難得的良善美意付諸流水。這種恩將仇報的舉止，偶爾雖會令人深感內疚，然而，即便如此，我也不會改變我的方針。

二

舉個例子來說吧！關西地區的某縣某鎮，那裡自古以來便是觀賞螢火蟲的名勝所在。近年由於宣傳得宜，每年一到初夏時節，便在京都、大阪的報紙上刊登極具渲染力的廣告。不少都市人為廣告所惑，紛紛前往觀賞，但一到當地，卻連一隻螢火蟲也沒有。由於落差太大，旅客找鎮上的人或旅店的女侍一問，得到的答案不是來早了一個禮拜，就是來早了十天、半個月，種種藉口，不一而足。但是，實際上螢火蟲活動的季節已到，只要有螢火蟲，豈有看不到牠們飛舞之理。原來該鎮早就沒有螢火蟲了。據當地耆老所言，這地方以螢火蟲著名，以前確實螢火蟲很多，但因為近年遊客遽增，每間旅館都競相建築高樓大廈，隨著整個鎮日益繁榮，螢火蟲卻一年少過一年。原因何在？因為螢火蟲不喜歡繁華的地方，尤其最厭惡電燈的光線。不巧的是，旅館林立的地方，電燈特別多。不用說玄關、走廊，從庭院到河畔乃至山麓，都安裝著無數電燈。這些設備彷彿為了驅走螢火蟲一般，搞得燈火通明，螢火蟲即使很想飛來也力不從心，而且就算飛來了，牠們的螢光也無法與燈光爭輝，人們也因此無法得見。這雖是無心之過，但對當地人來說，為了盡量吸引眾多的觀光客，不得不努力宣傳，宣傳越熾生意越興隆，旅館的數量也因此增多；旅館數量增多因為彼此競爭，便不得不安裝亮晃晃的電燈以引人注目。如此一來，觀螢名勝只可惜落得個有名無實。更覺滑稽的是，遊客為廣告所欺，旅館為了避免被人譴責，竟從別處捉螢火蟲來庭院放，好意思意思一下。另外，滋賀某個叫M的地方，以盛產一種大型螢火蟲「源氏螢」而聞名，近來也大力宣傳。我雖然未曾到過該地，但聽說那裡每年都獻源氏螢給宮內省，可見確實有很多源氏螢生息。但另一方面，當地嚴禁捕捉源氏螢，據說如違反規定便處以罰款。結果，賞螢一事的趣味因此蕩然無存，這與前述之地並無二致。

三

在瀨戶內海上，有座不知是屬於廣島縣還是愛媛縣的小島。要到島上去，就必須從中國或四國的港口搭乘小輪船，由於往別府的大輪船不停該島，因此京都、大阪的人們很少前往。島上有兩、三家旅館，每間規模都不大，樓下的店面不是賣日常雜貨、食品，便是以經營運輸業為本業，或許因為這樣子，住宿費也十分便宜。喜歡瀨戶內海的我，有次有事偶然路過該島，在等候下一班船的時間裡，到一家旅館休息。兩個人，由上午七時至下午四時，占據了二樓一間房間，其間吃了午飯，並特地要了熱水洗澡，結帳時才花兩元，也就是一人一元。即使便宜，那旅館的和室可絕非不乾潔，飯菜也並不難吃。而且因為位處海島，魚特別新鮮。加上四國一帶向以魚糕著稱，不管到哪裡，只要點魚糕來吃，味道絕不會叫你失望。那島上也有賣伊豫市出產的魚糕。我洗完澡，想睡個午覺時，被褥的舒適更令人感嘆。一般旅館的被子，大多外側使用絹、紬等材質，但裡面卻塞滿舊棉絮。因此雖外表美麗，蓋起來卻笨重無比。但是，這個旅館卻恰恰相反，外側是木棉布，裡面塞填新棉花。時逢冬季，因此我蓋著兩張被子睡覺，本來以為會奇重無比，但一蓋卻又並非如此，這才明白內裡棉花的高級。其他方面也都有類似這種感覺，令人欣喜。我問旅館的人附近是否有可做海水浴的地方，如果有，我打算帶家人來這裡玩一玩。旅館的人回答說，有一對住在神戶的外國夫婦，每年都帶孩子來這裡，一來就把二樓的房間全包下來，一住就是十天。我再細細打聽，原來離這個旅館約一百公尺的海岸，雖無特別的設施，但事實上倒也是理想的海水浴場。旅館的二樓左右兩邊各只有一間房間，所謂統統包下也不算什麼，而且據說過夜的話不過一天一人二元。因此，我暗暗地想像，那對住在神戶的西方夫婦，會不會也與前述德國旅行家一樣，不事聲張，只偷偷地一家人來這裡避暑。如今，那些有名的海水浴場，幾乎沒有一處的水是乾淨的。即使原來的海水乾淨，也由於太多人游泳而污濁不堪。相形之下，這小島的海水清澄透底，就此一點也叫人心懷大好。另外，如果由神戶來的話，可以免去乘坐火車的必要，這在夏天尤為難能可貴，何況船票比火車票要便宜許多。而且島上的海灘閒靜，不用擔心脫下的衣物失竊，也不用擔心裸體為人所見。雖說除了做海水浴之外，此地別無其他娛樂，有些無聊，但誠如所知，夏天的瀨戶內海波平浪靜，可以自由地泛舟遊玩，亦可乘坐小輪船到附近的各個小島或四國、中國地方的海港尋幽探訪，其樂不也融融！也難怪那對神戶的西方夫婦發現這一避暑勝地，便偷偷享用。雲仙、青島、輕井澤等地，不僅一聽便酷熱難耐，路程也遠，又得花上高額的住宿費，比起來，到這裡避暑可說是絕頂聰明。

四

近來我屢屢萌生一種想法，想要跑到完全聽不到電車、火車聲響地方，就算是一天也好；我想要能悠哉地大睡一場，想要能靜靜地思考。雖然為此燃起旅行的欲望，但搜索枯腸，卻總也想不出一個符合條件的地方。只要試著打開地圖一看就能明白，日本狹窄細長的國土上，鐵道縱橫交錯，而且如同血管末端的微血管四通八達的分佈到每個角落，並年年延伸擴展，看到這不餘半點淨土的狀況，便知聽不到汽笛聲的山間幽谷，其範圍也漸漸縮小。鐵道省、觀光局、以及觀光課等的宣傳部門，無所不用其極地招徠觀光客，把一些名勝地搞得特色皆無，變成都市的延伸。

我討厭登山，因此無緣見識日本阿爾卑斯山人來人往的盛況。本來登山的好處不是在讓人感受到超越人世間的雄偉、不是為了呼吸沒被人類污染的清新空氣嗎？古人所謂與萬化瞑合，悟天地之悠悠，與神仙同遊合一的境界，不正是登山的樂趣所在？如果是這樣的話，如現在般將信越地方宣傳成登山勝地，不也同時失去山岳的存在意義？過去，小島烏水氏（譯註：一八七三－一九四八，登山家、隨筆家，日本山岳會創立人兼初代會長）等人開風氣之先，大力宣傳信越雪谿之美，那個時候，主要是因為富士山已成為阿貓阿狗都往上跑的山，庸俗的令人厭惡，為此，他主張開拓信越地方。但如今的信越，說不定已比富士山還庸俗不堪也說不定。明明叫小屋就好了，偏偏要取個德國名字叫「Hutte」，再加上那些好像在東京市內四處可見、名喚「某某莊」的旅館，如此想像起來，別說是超凡脫俗，反倒像是塵世中的塵世，即使地處鄉村，卻已淪為都會文化的尖兵。因此，如果人們真的想接觸山的靈氣，想如同古代大峰山的修行者般心虔志誠地登山的話，除盡量尋找不為人知的山岳地帶之外，別無其他方法。那怎麼找呢？首先攤開地圖，然後注意鐵道網比較稀疏的地方，再尋找那一帶的山、谷。當然，在這些地方的山絕非名山，無論是山高、谷深、視野的雄偉、風光的秀麗都難與日本阿爾卑斯山匹敵；但山不在高，山應以不染世俗、都會之氣為貴，如此的凡山凡水或許反而更富山的情趣，或許更能洗滌我們染滿俗塵的心、腸！其實，這不僅限於登山，上述的賞螢勝地、賞櫻、賞梅勝地、溫泉、海水浴場等，所有名聞天下的一流觀光地都多少已被人潮蹧蹋，最好放棄。尋訪二流、三流的場所，反而更加符合我們旅行、遊覽的目的。

五

因此之故，以遠避喧囂為旅行箇中真味，性喜孤寂的人，媒體的發達，雖說反而造成不便，但有時不免也因此受惠。理由何在？且聽我道來！近來上山遠比下海流行。以前是天氣熱，到海邊避暑；天氣冷，到海邊避寒；肺結核，到海邊休養！但最近，夏天流行登山，冬天流行滑雪，而山裡的紫外線也據說有益肺病病患的健康，總之，山大受歡迎。我對運動一向生疏，甲子園球場近在咫尺，我連觀眾席長什麼樣子也不知道。一到冬天，各地的滑雪場便天天在沿線的各個車站張貼海報，報告積雪量，連收音機也不斷地廣播。每次看到這光景，我總是詫異不已，不明白這種事為何值得如此大驚小怪。不過，連廣播電台和鐵道省都如此地熱心鼓吹，冬天休假不知何去何從的人們，也便有志一同地往積雪的山上去。總之，當季的宣傳有將愛湊熱鬧的人集中在一個地方，為喜歡安靜的人清出樂土的功能。前些時候，聽和氣津次郎君說，近來紀州的白濱宣傳做得如火如荼，結果昔日遊人如織的別府反變得冷冷清清。我國國民原本便喜新厭舊，容易受人鼓惑。當某個地方敲鑼打鼓，宣傳得熱鬧非凡時，人們立刻往那裡聚集，其他的地方隨即便唱空城計。因此，謹記這個訣竅，與宣傳反其道而行，趁人潮往一處集中時，向相反的方向移動，如此，旅行便可稱心如意。明確的指出地點何在，有違我的原則，因此恕難奉告！但大體上來說，瀨戶內海沿岸、以及各個小島，不正是上述為人冷落的地方？冬天不妨到那一帶去看看，會發現暖烘烘的氣候宜人。大阪神戶一帶雖也算暖和，但這裡又更勝一籌，在一月底便可早早看到梅花開始四處盛開，還可採艾葉做草餅。由於避寒的遊客大都聚集於白濱、別府、熱海，因此這裡的旅館都很清閒，實在是讓人悠哉休假的好地方。賞花是我的最愛，春天如果不看到百花盛開的絢麗景色，我便無論如何也不覺得春天來了。而對於賞花一事，我也按同樣的訣竅進行。經驗老到的鐵道省，每年一到山上冰雪消融、無法滑雪時，便改弦易轍，陸陸續續開始宣傳花期。到了四月中，當然一定會推出賞花列車，並一一揭示下個星期天哪裡的花開得正是時候、哪裡花開七分等訊息。想要安安靜靜地賞花的人，最好迴避這些場所。其實，賞花何必拘泥於名勝，只要花開燦爛，一株孤櫻足矣！在這樣的樹蔭下張開幔帳，打開餐盒，便能心生喜悅。而且，如果體悟到這一點，也可省卻火車、電車之勞頓。舉例來說，我住的這精道村，後山一帶沒沒無聞的山谷、台地，反而可以找到適於觀賞的花以及宜於賞花的地點。

六

另外，以下訊息只想悄悄地透露給大阪地區的讀者知道。事實上，桃花盛開時，乘坐關西線的火車，眺望大和地區，乃我生平一大樂事。誠如所知，往大和的電車，賞花時節，每條線都人滿為患，而且不知是否因為超載、超速的關係，常常出問題。但這時候，不妨試著換乘火車！這火車經由湊町，再穿過前幾年發生過山崩的某村的隧道，沿途停靠柏原、王寺、法隆寺、大和小泉、郡山等小站，最後抵達奈良。大阪電氣軌道公司的電車車程只要四、五十分鐘，換坐這條線的慢車的話，則要花一小時十二、三分鐘。但坐快車並沒什麼意義，反而是這種一站一站慢慢停的火車比較好。只要你一進火車車廂，首先會吃驚，電車如此擁擠不堪，但火車卻幾乎空無一人，每節車廂乘客屈指可數。火車的三等車廂尚且如此，因此坐二等車廂絕對沒錯。在寬敞的座位上伸長腳，火車嘎然而止，嘎然又起動，搖搖晃晃中，只見大和原野春霞氤氳，景色如桃源仙境般，丘陵、田園、村落、堂塔等在窗外迎面而來又揚長而去。不知不覺中，讓人完全忘了時間的存在。什麼時候抵達奈良？現在開到何處？下站是什麼車站？諸如此類的問題，都不再關心，只覺得火車不斷地停了又開開了又停，窗外原野毗連，總是霧濛濛的一片，太陽好像永遠不會下山。我特別喜歡在春雨綿綿的午後搭乘這種慢車。此時身體慵懶，乃至迷迷糊糊地不知不覺地打起瞌睡。

有時，隨著火車的晃動的節拍而睜開眼，這時玻璃窗上佈滿水氣，窗外的原野盡是細如貓毛的雨絲，濛濛靄靄，籠罩遠處的佛塔、森林，比起茫茫霧氣，感覺更為暖和。這樣搭到奈良，雖說要一個多小時，但卻讓人感到無比閒適。假如時間充裕，你還可以繞道櫻井線，穿過高田、畝傍、香久山一帶，經由櫻井、三輪、丹波市、櫟本、帶解等車站，再到奈良。比起號稱大和巡禮云云等的團體旅行，行程匆匆忙忙，四處走馬看花，不如在火車中待個幾小時。而且，這幾小時能讓你感受到無比的悠長，這感覺乃無上至樂，讓人真正體悟世上有千金難換之美妙滋味。然而，就是有人要計較那時間、金錢上的一點點差異，只知道往人擠人的電車裡塞，對我而言，真乃百思不得其解。提高速度或許已成時代的流行，不知不覺間也讓一般民眾對時間喪失耐性，讓人們已無法鎮靜地專注於一件事情。果真如此的話，我想推薦大家，不妨坐一趟這樣的火車，這不失為一種不錯的精神修練，可讓人心平氣和。

七

我從東京回大阪時，經常乘坐晚上十一時二十分由東京站發車的三十七次列車。這是開往大阪方面的普通列車中唯一掛有二等臥鋪車廂的車次，到目前為止，即使是在發車前夕申購臥鋪票，我也從不曾遇到一次售訖的狀況。儘管我買的是下鋪，可是無論是春假、歲末，不管再怎麼人滿為患，都一定買得到。一般的日子即使是上了車後再補票也來得及。東海道線的寢台車，如此空蕩蕩的車次，也僅有此班列車而已，要說原因的話，恐怕只因為它不是快車。這趟列車在上述夜裡十一時二十分由東京發車，隔天的上午十一時四十五分抵達大阪，全程所需時間為十二小時二十五分，其實與一般普快列車相比，只多費不到一小時的時間。目前，在這列車前一班發車的第七列車叫下關急行，這車次在下午十一點由東京出發，隔天的上午十點三十四分到達大阪，也就是花費了十一小時三十四分，與上述車次根本沒有多大差異，但這趟車可相當受歡迎。原因不外人們被「急行」二字所欺，以及不知道除了快車之外，一般車也有附寢台車的班次。但最主要的原因，還是因為慢車停停走走叫人心煩。但是如果你上車後馬上鑽進臥鋪，一覺睡到七、八點鐘天亮，那就無所謂了。過了京都之後，三十七次列車便變成直達車，擾人安寧的路程只有大阪一帶到京都之間，算算時間不過三個半小時左右，而且這中間也不過只比快車多停六個站。現今世上精打細算的人，如果連這樣的程度都無法忍耐而去買快車票的話，只能說是愚不可及。但話說回來，也託他們性急的福，這趟車次才那麼空，想到這裡，便無法再無所顧忌地挖苦他們。然而，或許有人會反駁，慢車走走停停之際，每每讓人驚醒，無法入眠；因此，怕睡不著的人我不推薦坐這班車。但相反的，有些人如果床鋪不像寢台車般搖晃便睡不著，極端者甚至在自家床鋪下安裝馬達。我雖還不到這種程度，但原本生性便非常容易入睡，即使是在火車上，實際上也是倒頭就睡。我坐開往東京的夜車時，總是察覺不到何時爬過箱根的山，一覺睡到橫濱，有時乘務員來回叫兩、三次還起不來。從去年年底到現在，我雖已去了東京三趟，但直至最近那一趟的回程，我坐燕子號回大阪時，還是呼呼大睡，以致至今無緣親眼見識丹那隧道。正因如此，對我來說，三十七次列車實在是最適合也不過。不僅能好好睡上一覺，而且因為天亮後正好醒來，也什麼都不會耽擱到。我一般是上午八點左右在名古屋附近醒來，而這樣停停走走的列車，其二等車廂幾乎不會有新來的乘客。並且由於是臥鋪，可以躺下來，一個人獨占長長的座位，將兩腿打直，如果沒睡飽的話，還可以再來個回籠覺。再加上這一帶——從大垣、關原、柏原、醒井等地過了米原後，一直到大津，正是琵琶湖沿岸，雖說這一帶的風光我已看了不知多少遍，但總是百看不厭。這或許是我一己之見，但總體而論，坐東海道下行路線，火車車窗外的風景，在名古屋以前，家屋的建築方式、自然風物都帶著東京的風味；但過了名古屋後，這現象便完全絕跡，令人感覺明顯地進入關西的勢力圈。因此，在寢台車呼呼熟睡一夜，猛睜開眼，窗外已盡是關西的景色；這樣的早晨，心情實難以言喻。或許，這與我每次的東京之行都沒什麼好事有關，待在東京時生活總是接二連三的慌忙與奔波，而這樣的循環，也在此時截然一刀兩斷。我在服務人員收拾好寢室後總想再回去睡上一覺，但關原附近柿樹如林，那村落風情、農家白壁一映入眼簾，往往讓我如痴如醉，竟至忘了睡意。不，我還是老實招供吧！與大阪的報紙久違多日，原本我是心存懷念，想要拜讀拜讀，因此在名古屋車站要服務生給我買幾份放著，但窗外景色卻令我無心讀報，只一味地憑窗眺望。火車由大垣發車後，直奔醒井，之後在米原停靠，再停靠彥根、能登川、近江八幡、草津、大津。一路開開停停，但我卻絕不心煩，也不覺無趣。如果是燕子號的話，這一帶將會呼嘯而過，如此反而叫人惋惜；而這班火車，在經過關原時也是慢條斯理的前進，因此，從彥根城的天守閣，到安土、佐和山一帶的地勢，都歷歷在目，叫人心喜。在帶孩子坐車時，車子行進的速度如不是這般緩慢，想要說明沿途的史蹟，只怕有所困難。因此，我有個想法。旅行與其一味求快，與其在短時間內想要盡量跑遠一點，不如反其道而行，盡量在一定的範圍內長時間地漫遊，稍稍獎勵人們以這種方法旅行如何？以這樣的方法四處走動後，就算是至今漠然置之、不屑一顧的地方，也能出乎意料地發現饒富趣味之處。當然並非要求人全都徒步，但範圍如果不大，還偷懶開車飛馳而過，這習性實在再糟糕也不過。如此一來，不用說旅遊的情趣消失殆盡，不管到什麼地方，也無法留下任何印象。

八

順帶一提，搭乘火車，之所以每每令人心生不快，主要是因為乘客缺乏公德心。關於這件事，許多人都曾關注過，亦有人大聲呼籲，特別是大阪《朝日新聞》的專欄「天聲人語」，更是屢屢載文提醒人們注意公德心。但，原來如此，大阪人在這一點上確實比東京人漫不經心。我近來事事都偏袒大阪人，但就只這方面，大阪人確是比不上東京人。現在，據說就連大阪人自己，於各地旅行時，在火車等處邂逅大阪人，也會心生厭惡。為何如此？你是否看過下列的惡形惡狀：攜家帶眷成群結黨地霸占二等車廂、旁若無人地獨占好幾個位子、吃相不雅地大吃大喝、肆無忌憚的大聲喧嘩、將橘子皮、便當盒等殘骸散得滿地都是、隨便與陌生人攀談！只要心生疑問，揣想這些粗野無禮的種族是哪兒冒出來的？那必定是大阪人無疑。外地人或許還無法判斷，但如果是大阪人，一定馬上知道是自己同鄉。每年的賞花時節，大阪人將大軌電車、京阪電車內弄得杯盤狼藉，那惡形惡狀到外地時依舊我行我素。如果是大阪當地郊外的電車，由於每個人都如法炮製，倒也無可奈何，但如果是在旅行地仍依然故我，那大阪人的缺點便會赤裸裸地顯露出來。正由於同鄉，所以更讓人深感無言以對。但雖說如此，東京人卻也沒有嘲笑大阪人的資格。我們之所以缺乏公德心，原因可遠溯至封建時代的生活方式，自古有之，而且這現象有時與我國之敦風美俗密不可分，因此仍有大加酌量的餘地。然而雖說想要各個方面都完全矯正過來實非易事，但即便如此，看看火車中等之慘狀，誇言自己是「亞洲盟主」、「三大強國之一」，但卻連一點一等國民該有的樣子都沒有。又有人說二等車廂的乘客比三等車廂的人還糟糕，有些教養的人士如果與一般大眾同樣舉止失當的話，給人的不愉快可不能同日而語。舉例來說，事實上雖只是舉手之勞，前去餐車或上廁所時，幾乎無人會順手把通道的車門關緊。要是在冬天，門稍有點縫，冷風也會颼颼地吹進車內，更何況廁所旁的座位，還會因此被臭氣侵襲，這些事應該人人心知肚明。但卻見每個人都只是「砰」一聲順手將門一帶，頭也不回、看也不看地離開，往往留下一、二寸的縫隙，讓其他人不得不重關一遍。這對坐在出入口附近的座位的人來說真是種災難，不得不被迫反覆地幹這苦差事。即使心中忿忿不平，氣惱為何老是自己幫別人關門，但如置之不理，最後寒風、臭氣之害，自己仍是首當其衝，因此無論如何都得動手關門。這種不堪其擾的境遇雖說人人皆有，但輪到自己進出時，卻又毫不在乎，給別人徒增麻煩。最叫人生氣的是那些由餐車要走回座位的乘客，只見他們嘴邊叼著牙籤什麼的，一個接一個絡繹不絕地進來，但走在最後的人卻不會關門，逕自回座，大概是認為後頭還有人會進來，所以才讓車門大開。除此之外，火車的廁所都有沖水設備，讓人在每次使用後能好好沖洗，而且也寫著警示標語，可是真正實行者不及百分之一。不，不僅如此，許多乘客在洗臉台洗臉後，髒水也不沖，便一走了之。如此一來，後頭的使用者便不得不放掉前人用過的水。這種事就像是上完廁所不擦屁股一樣，且不談公德心之類的高論，就用常識來判斷都可明白，但卻人人見怪不怪，無人引以為恥，這樣的「文明國民」，不得不說實在不可思議。當然，日本人的惡習不限於火車中的表現，但火車上最為嚴重，連在其他場所禮儀周到的人，一到火車上卻便把平日的素養拋諸腦後，這現象真令人百思不得其解。

九

冬季旅行中最讓人困擾的是，火車、輪船、旅館、電車、汽車等場所，有的有暖氣設備有的則無，再加上暖氣開的溫度各自不同，一不小心便容易感冒。特別是帶著嬌弱的婦女、小孩出門時，尤其令人擔心這點。我曾有在大廈裡被冷氣設備凍慘了的經驗，像這樣的現象，可謂因方便而產生的不便；這些現象在都會的日常生活中，雖說時常發生，但旅行之際，一日之中，將頻頻遭遇溫度變化，而且這些變化全都是突如其來，讓人措手不及。

寫到這兒，我想起一件事來。有一年冬天，深夜十二點，我搭上一艘從高濱開往別府的輪船，那時船艙內尚有兩、三間空房間，男侍引領我到其中一間，說「這一間最暖和」。這間房間暖氣毫無保留地開到最大，非常之熱。即便如此，我想睡著了就沒事，於是衣衫盡量單薄，鑽進臥鋪後，卻是越睡越上火，彷彿在洗三溫暖一般。不得已之下，我只得把貼身衣物脫個精光，身上只披一件浴衣，不蓋被，將毯子剝掉。然而，卻依然汗如泉湧。拜此之賜，我整晚輾轉難眠，煩悶不堪。船艙的客房原本便狹窄、通風差，再加上鍋爐便在附近，這房間即使沒有暖氣其實亦足以禦寒；在這樣的狀況下，還將暖氣開得如此之熱，認為是禮遇乘客，不得不讓人懷疑起自己的常識。有了這回的教訓後，又有一次由瀨戶內海的一個島要到另一個島時，坐上某艘船，這艘船是沒有客房、排水量不滿五百噸的小蒸氣船，一進沒有隔間的大艙房，頓覺熱浪襲人，催人欲吐，汗珠一顆顆地撲簌落下。回程時，我已有再被蒸煮一次的覺悟，可是這次或許因為乘客少，為了節省暖氣，偌大一個房間只放了一個炭火將熄的火缽。再加上這房間三面設窗，海風由窗縫溜進來，讓人酷寒難耐。如此，忽熱忽冷，溫差激烈，再怎麼小心，也會感冒。一般來說，比起過冷，大多數的人較難忍受溫度太熱。以火車為例，東海道線的急行快車，暖氣便開得很熱。如果是夜晚的話還無所謂，白天天氣好的時候，陽光由車窗玻璃透進，這樣的熱度其實已綽綽有餘，再加上乘客眾多，人的體溫又令溫度升高，這時暖氣難道不能稍微調節一下嗎？或許因為我體質容易上火，因此比之一般人，對燥熱倍加敏感，但卻也希望相關單位思考一下，今日的日本人，大多數住家都沒有暖氣設備的。每每思及那悶熱，就不會想在冬季的白日，坐東海道線往返。其中，尤以火車行至名古屋到靜岡、沼津一帶，最令人難受。時值午後烈日當空，陽光猛烈地打了進來不說，又剛好人是最慵懶的時候，坐在車裡真的像是熱鍋裡的螞蟻，不僅沒有看報紙雜誌的心力，也沒有興致觀賞窗外景色，只能盡是打盹。而且，還不是睡得如沐春風，睜開眼睛，會遍體大汗淋漓，全身關節疼痛，口乾舌燥，這種睡眠，反會讓人覺得疲憊。除此之外，亦有不少人喉嚨也會因此發疼，或是感到頭痛、暈眩。如此說來，西方人常在熱得不像話的室內辦公、談笑，令人不免為之咋舌；難不成日本鐵道省至今仍殘存著明治時代的殖民地根性，忽視日本人，只圖討好西方人？

十

年輕時我並不討厭西式旅館，但上了年紀後，在諸多方面，都眷戀起日式旅舍來。即使是我，亦會有一段時間獨鍾西式旅館，甚而旅行只去有西式旅館的地方。但如今卻恰恰相反，即使要多少忍受些不便之處，還是會選擇日式旅舍。不，只有忍受這些不便之處，方能領略不可言傳之旅情；太面面俱到、洗練的太過都會風，反而讓人覺得不無疑問。因此，每當我要到一塊陌生的土地過夜時，不是向人詢問、便是熟讀導覽，事先找好兩、三家旅館的名字，而投宿前，會先在這些旅館前晃過一遍。即使是下火車後改搭汽車，也是讓車子飛奔而過，在兩、三家旅舍的店門口都跑過，看過店家的樣態後，再做決定。黃昏，抵達目的地後，心裡一邊揣度著等待自己的將會是怎樣的旅舍，一邊感受到淡淡的鄉愁、好奇心、疲勞、以及饑腸轆轆。鄉村的城鎮燈火處處，漫無目的地徘徊其中，這種感覺似曾相識——還沒決定投宿何處，或盤桓在某個十字路口、或佇立於某座橋上，想想如此的心情——青年時代放浪形骸的我，至今仍對此種感傷的黃昏，抱著憧憬，而這也是讓我踏上旅途的魅惑之一。在這樣的情景，什麼樣的旅舍最能吸引我的腳步？比起太過現代化的，不如有一些跟不上時代，彷彿默阿彌的歌舞伎劇本或長谷川伸君的流浪小說描寫的旅舍一般，簡而言之，不是「旅館」而是「旅籠屋」，如此的旅舍才風味十足，對我特別有吸引力。然而，近來，那位處地方小城鎮，那以象徵店家歷史的老舊暖簾為傲的一流旅舍，已不斷地由旅籠屋轉化為旅館。這些店家都一邊保存繼承自父祖一代的店鋪，原封不動的保留老店的構造，一邊又在遠處興蓋所謂的「別館」。這種「別館」令我厭惡。旅舍最好還是臨街而立，並且屋簷深長、門面寬闊，只要一走進玄關未鋪木板的土間，入口門框的正對面，便可看到寬闊的台階，爬上二樓後，依著欄杆，可以讓人俯望街上的人來人往——而且能夠的話，格局盡可能端整，雖說如伊勢古市的「油屋」或讚岐琴平町的「虎屋」般的傳統旅舍固然眾口交譽，但有時蕭條荒涼的小車站，位於它停車場前的旅舍，只要堂構端雅，屈就一晚，卻也未嘗不可。而和室的木料，與其求新，倒不如泛著黑光的老木頭，除可以讓人心安神定外，亦可讓人發思古之幽情，引起你對這地方的歷史、傳說的興致。不用說，這樣的旅舍，設備原本便老舊，你有必要覺悟，要忍受種種的不方便。首先，請死心，絕對沒有暖氣。不管再怎麼冷，除了被爐、炕爐、熱水袋之外，別想再有更好的禦寒設備。廁所也不會是沖水式的。至於菜餚方面，也不過是些小菜，雖說顏色搭配得五色繽紛，但通常難以下嚥，吃這些東西讓人不得不想起京都、大阪方言中常說的「食之無味」。不過，這樣的旅舍，壁龕梁柱往往古色古香，書齋、走廊的紙門大都以傳統的方法安裝，橫披窗、欄杆的雕刻耐人尋味，庭院的苔蘚、石燈籠、園卉大有可觀，而和室也佈置得滿室落落大方，如此種種給人的感受，正是最好的饗宴。並且，也只有這種旅舍，對其他的事或許都大而化之，卻唯獨對壁龕的佈置十分講究，在掛軸、插花的佈置上，默默地付出心血。以前我經常光顧某山陰地方都會的旅舍，近年，該地鎮上出現了新式旅館，這旅舍競爭不過，似乎生意不好，前些日子我事先打電報預約，過去後進房一看，只見壁龕上放著一瓶鮮花。那絕非只是將花插進去瓶裡，敷衍了事的佈置，而是插在上好的薄端花瓶中，細心地佈枝理葉，按天地人的方位插放，插法大有來歷。向女傭一打聽，才知道店主人對「未生流」插花流派頗有心得，這花是他自己所插。這樣的消遣，確是適合不趕流行的鄉下旅舍老闆，但不論如何，也因為這瓶雅正的插花，讓我感受到他們待客的親切、醇謹。除此之外，桌子、衣架、臂枕、煙草盆、火鉢、硯箱等之類的東西，都不是現在的製品，他們用的東西大都古色古香，結實大氣。但雖說如此，又不像近來東京一帶的料理屋般，有意炫耀這些東西做為骨董的價值，之所以使用，不過是因為這些東西乃代代相傳的舊物，即使稍嫌不符現今的品味，但只要還能使用，便將就用著。然而，這樣的旅舍，相反地，外出時有客來訪他們不會通知你，託他們辦事亦不俐落，並且，早上一大早便將防雨窗打開，會讓你遇上種種的不方便，總之，要住的話，必須有培養耐力、磨練毅力的覺悟。

我並不大怕冷，但盡可能不在冬天去這樣的旅舍，因為心裡抱著凡事忍耐的念頭，住了下來後，最後常常傷風感冒。

十一

日式旅舍讓人不舒服的地方不少，其中之一，便是女侍總是不關紙門。這與前述火車車門的情況一樣，都是日本人的壞毛病，在一般家庭的日常生活中雖也屢見不鮮，但旅舍中陌生人毗鄰而居，這一點，希望女侍神經能稍微敏銳些。但當她們進到次間要與和室中的客人說話時，意識到紙門是房間與走廊的分界並拉上紙門的，少之又少。進房間不關門還算好，她們離開房間時，有時也常常不關紙門。這當然不是沒理由的，給客人上菜、送酒時，要來回跑幾次，如果每次都開那麼一次門，不是很麻煩嗎？這樣說來的話，在往返廚房客房之間時，房門開著不關，似是無可避免。但，不管怎麼說，次間是放衣物、行李的地方，讓人從走廊可以一覽無遺，不僅粗心大意，冬天還會因此更添寒意，想到這便叫人氣憤填膺。原本房間便沒有暖爐，想要烘暖房間已相當困難，僅能靠燒炭、躲進被爐裡聊以禦寒，但只要女侍進門，拜她們所賜，一定全身打一次冷顫。打冷顫是理所當然，因為從走廊經過次間到和室，總共有兩道紙門，但她們卻一扇也不關。冬季如果投宿旅舍，幾乎十之八九會遇上這種慘事，不過是舉手之勞的小事，為何經營者平常不指導一下，讓我百思不得其解。

除此之外，還有一件不可思議的事，即使不過是詢問火車、輪船班次、遊覽的路線、以及當地一些情況，幾乎沒有一個女侍能回答得清清楚楚的。不管問什麼，她們都回答「不知道，我去問一下經理」。確實，與其答錯，不如幫客人問清楚再回答比較妥當。但我卻也並非問特別難的問題，不過問由哪裡到哪裡大概有幾里、坐車要幾分鐘、車資多少等等，都是只要在當地長大、念過當地小學的人，誰都可以知道的事。問這些問題，還有個原因，是因為坐著接受她們服務時，無話可說，為了尋找話題才問，但卻絕對沒有人能順順當當地回答，毫無例外。她們總是答一聲「這」，敷衍一番後，低頭傻笑。遇到這種狀況，即使是澡堂幫人擦背的，只要是男的，就能回答得稍稍得當。女性對地理、歷史本來便興趣缺缺，就算是自己的出生地，除非特別教導，大概都不會想進一步地了解。除此之外，這也證實，旅舍的女侍外地人特別多，少有當地出身的人。但不管怎樣，在教育普及的今天，連如此簡單的問題都回答不出來，這事本身已不恰當。因此務必請旅舍的老闆、經理注意這問題，教授她們一些當地的常識，而且由於這些常識單憑口頭教導無法心領神會，有時必須舉辦遠足等活動，好讓她們先看看附近的名勝古蹟，此舉除實地教育的功能外，又兼具慰勞的效用。不管怎麼說，從事服務業的人，做這種程度的準備，不是理所當然的嗎？

十二

據西式旅館的經營者說，西方人即使是小小的疏失，也不會默不作聲，有不滿的話，會立刻直斥其非；日本人則正好相反，對大部分的事都加以忍耐，因此反而不好伺候。總之，讓旅行盡可能快活舒適的想法——與在自己家中絲毫無異，必須愉逸、at home，這樣的想法，如果說是近代的想法的話，旅館業者戰戰兢兢地為了滿足這樣的要求而競相更新設備，說來也理所當然；但就我們而言，「讓寶貝子女出門旅行」，好磨鍊心志的老觀念，實也不應拋棄。趁著出門旅行的機會，可以矯正挑食、睡懶覺、運動不足、以及其他的惡習，至少應該在旅行期間不要貪圖享受，好培養刻苦耐勞的習慣。我基於職業上的需要，為尋求心情的轉換、環境的變化，時時有必要讓自我這玩意兒脫離日常生活的羈絆。為了這目的而出門旅行時，我常常改變裝扮、更名易姓，搭火車、輪船也只坐三等席，在便宜的旅舍落腳。事實上，從事我這種職業的人，一到鄉下地方，有淪為人家宣傳工具，飽受新聞記者、文學青年好奇眼光之虞，不多加防範，便無法享受旅行的孤獨。而且，改變姓名、打扮，搖身一變為全新的另一個人，去見識見識這世間的廣闊，僅此一點，也令我興味昂然。或許因為我生性靦覥，如果讓人知道是小說家，被當成藝術家對待，不知怎地便會混身不自在，緊張得舉止生硬。四處易名旅行，才比較能夠在旅行地與人自由交談，有時也可以找到意想不到的好旅伴。因此，我最喜歡輪船的三等艙。越洋航線的長途航行的話，我並不清楚，但搭船往紀州、瀨戶內海旅行，如果住一等船艙，上船的第一天，免不了要與船長、事務長寒暄，要跟同室的旅客交換名片，僅只如此，便已叫人煩心。混在三等船艙中，往沒有隔間的大房間一躺，誰也不會理你，實在是再悠哉也不過了。在這時候，我左右多是鄉下的老先生、老太太、或是放假回鄉的年輕女侍，潛聽他們閒聊，興致來了，也可以與他們攀談。大阪、阪神沿線，似乎有很多來自四國一帶的女侍，只要坐上開往別府的三等艙，便經常可以看到同船的少女三五成群，像是返鄉的女侍。然而，稍做思量，有時嘗試這種三等席之旅，看看不同的世界，不僅對小說家而言是必要的，對政治家、實業家、宗教家而言，不是也相當需要嗎？

厠のいろいろ

廁所的種種

一

我對廁所印象最為難忘、至今仍不時憶起的，是在大和上市的街上進某家麵店時發生的事。那時突然內急，請教人廁所位置，結果被店員帶往店裡內處，他們的廁所緊臨吉野川的河灘，那種臨河而建的房子，如同規定好的一般，走到內處，一樓一定會變成二樓，下面還會多出一間地下室。那間麵店也是這種蓋法，廁所所在雖然是二樓，但蹲在廁所往下看，那遙遠的令人眼花撩亂的下方，河灘的土壤、青草紛紛入目，可以讓人清楚看到田裡盛開的油菜花、飛舞的蝴蝶、以及往來的行人。換句話說，只有廁所是由二樓往河灘崖壁上空延伸，我腳踩的木板下方，除了空氣之外空無一物。那固態排泄物由我的肛門排出之後，會飛落幾十尺的虛空，輕拭蝴蝶的翅膀、掠過行人的髮際，再竄入蓄糞池中。糞便由離體到落進池子的光景歷歷在目，但卻聽不見如青蛙躍進水裡的入水聲，也未覺臭氣上騰。總之，連蓄糞池本身，由這樣的高度俯瞰，原本不潔骯髒的感覺也消失了。我想雖說飛機的廁所說不定也是這樣設計的，但恐怕再也沒有廁所比這廁所更精妙，糞便掉落途中，有蝴蝶翩翩飛舞，下方又是真正的菜園。不過，這廁所對上廁所的人固然好，但對從下方經過的人來說卻是災難。因為河灘寬闊，沿岸屋子後側，到處可見菜園、花壇、曬衣場，自然有人在這邊四處走動，由於沒人能夠無時無刻注意頭頂上方，因此如不立塊牌子，寫著「上頭有廁所」，一不小心豈不就有人從正下方走過？如此一來，米田共的洗禮，其陰影也就無時不在！

二

都會的廁所在清潔方面雖說無可挑剔，但是卻缺乏此種風味。農村土地廣闊，周遭又林木繁盛，因此一般而言，正房和廁所分開而建，中間再以渡廊相連。紀州下里的懸泉堂（佐藤春夫故鄉的宅邸）建築面積雖然不大，但庭院卻據說至少有三千坪，我去的時候正值夏天，只見長長的渡廊伸向庭院，盡頭一端的廁所，被重重綠蔭包圍。如此一來，臭味會立即在四周的清新空氣中稀釋，感覺簡直像是在涼亭中休憩般，絲毫無任何不潔之感。要言之，廁所最好盡量接近泥土，最好建在親近自然、與自然關係密切的地方。也就是說，上廁所的感覺越是讓人感到近似在草叢中方便，越是讓人感到仰頭彷彿可見藍天，越是粗獷、原始，心情越是舒暢。

三

這已是接近二十年前的事了。畫家長野草風（譯註：一八八五—一九四九，日本畫家，以風景畫、動物畫著稱）由名古屋旅行歸來，提及名古屋這城市文化相當發達，市民的生活水準與大阪、京都相比，不遑多讓。說到他自己是根據什麼有這種感受，他說是因為被邀至不同人家時，聞到廁所的氣味，而做如此想法。依據長野草風的說法，廁所不管打掃得多乾淨，一定仍會發出一點淡淡的氣味。那氣味混合了除臭劑、糞尿、庭院雜草、泥土、蘚苔等的味道，而且每戶人家都稍有不同，高尚的人家自會發出高尚的氣味。因此只要聞一聞廁所的氣味，就大概可以了解房中人的人品，可以想像他們是如何生活，名古屋上流家庭的廁所，據說大都散發著一股細緻都雅的氣味。確實，被他這麼一說，廁所的氣味的確會引起一種熟悉又甘美的回憶。比如說，久離故鄉的遊子，時隔多年後回返家鄉，再也沒有比進到廁所那昔日熟諳的氣味衝鼻而入時，更能將兒時的記憶接二連三地喚醒，讓人心底真的湧現「回到家了」

的親切感。除此之外，經常光顧的料理屋、茶屋，可說也有一樣的氣味。那些氣味我們雖然平時並不記得，但偶爾出門到店裡坐時，一進店家廁所，在這店裡度過的歡樂歲月，便會林林總總地浮現，往日的浪蕩心性、放誕風流也會漸漸地被喚醒過來。再加上，說來可笑，我覺得廁所的氣味說不定具有鎮定神經的效用。眾所皆知，廁所適於冥思，但近來的沖水式廁所，卻無論如何都不盡如人意。之所以如此，一定仍有其他種種原因，但一改成沖水式，雖說廁所變得乾乾淨淨，卻也喪失了草風氏所說的高尚、都雅的氣味，沖水式廁所之不如人意，與這大有關係。

四

志賀君曾從故芥川龍之介那兒聽來有關倪雲林的廁所的故事。倪雲林這人看來是中國少見的潔癖者，他大量收集飛蛾翅膀，裝進壺中，再將壺安置於廁所地板下方，然後在上頭排便。亦即將這裝置想做貓狗的便盆便沒錯，只不過砂粒被飛蛾翅膀所取代。說起蛾的翅膀，可是極輕、極軟之物，這設計可讓米田共落下後，立刻掩埋其中，消失無蹤。自古以來，廁所設計得如此奢華的，說來絕無僅有。蓄糞池之類的玩意兒，不管建得多漂亮，設計得多衛生，但只要一經想像，便會湧現污穢之感，但就只這蛾翅便盆美輪美煥，耐得住想像。糞便撲通地由上落下，啪的一聲激起無數的蛾翅飛舞而上，如煙似霧，那翅膀片片都已乾透，色底帶著金茶色的光芒，像是薄如蟬翼的雲母片聚集在一起。就在還搞不清楚什麼東西掉下來之時，那固態物已淹沒在這些薄片的堆積中。如此，即使你肆無忌憚地想像更以後的發展，也一點都不會感到污穢。另還有一件事叫人驚訝，蒐集那麼多的翅膀，可是大費周章。即使是農村，就算夏夜飛蛾雲集，但要使用在剛剛說的目的上，可需要相當多的翅膀。而且，只怕每次用過之後便要一遍又一遍的更換新的翅膀。如此一來，要使用大量的人手，在夏天裡捕攄成千上萬隻飛蛾，以備一年的使用量。這樣豪奢的享受，如果不是古代中國的話，根本無法辦到。

五

倪雲林苦心孤詣，大概是為了讓自己的排泄物絕對不要落入自己的視線範圍內。當然，就算是普通的廁所，除非自己願意去看，否則也可來個眼不見為淨；一旦見著，那可不是在廁所「看到鬼」，而是「看到髒東西」。但無論如何，只要看得到，都會忍不住看上一眼，因此最好還是設計成讓人看不到，最簡單的方法便是將地板下方設計成暗不見光。此事不過舉手之勞，只要把抽取口的蓋子拴緊，僅只如此便已具備相當的防光效果，但近來許多家庭連這種小事都疏於注意。除此之外，還可將地板與蓄糞池之間的距離拉開一點，使上方的光線無法照到。

六

如果使用沖水式，自己即使再怎麼厭惡，也會將自己排出的東西看得一清二楚。尤其如果馬桶不是西方的坐式馬桶，而是日式的蹲式馬桶，一直到沖水之前，那玩意兒都捲成一團，在你臀部正下方虎視眈眈。消化不良時，這樣的廁所倒可以讓人輕易察覺異狀，達到保健的目的；但細想之下，說句失禮的話，至少我不想讓雲鬢花容的東方美人進到這樣的廁所。高貴的貴婦人最好對自己臀部排出來的東西一無所知，我希望她們即使撒謊也要佯裝不知。因此，如果讓我修建理想的廁所，我肯定排除沖水式，而選擇傳統的日式廁所，可以的話最好將蓄糞池安置在遠離廁所的地方，例如設到後院的花壇、菜畦那邊去。要言之，在廁所的地板與蓄糞池之間多少設些坡度，再用污水管之類的管線將穢物排過去。如此，廁所下方由於沒有缺口，光線無法滲透進來，便變成一片漆黑。雖說這樣的廁所或許不利冥思，都雅的風味淡薄，但絕不會發出令人不快的惡臭。另外，由於不是由廁所下方直接掏肥，也不用擔心使用當中有人掏肥，不得不慌張的奪門而出，大出洋相。而對栽種蔬菜、花卉的人家來說，如此地將蓄糞池遷開，要取得肥料也比較方便。我想，所謂的「大正便所」應該便是這種樣式，如果家居土地寬敞的郊外，廁所與其使用沖水式，我推薦不如選用這樣式為佳。

七

最風雅的小便池，我覺得是將杉葉塞滿小便斗，但這設計有個問題，一到冬天熱氣會騰騰而上。之所以如此，是因為杉葉的關係，那該流走的東西流不掉，會悠哉地在葉片與葉片之間輾轉流宕之後再流走。小便時那微溫的熱氣氤氳上升撲臉而來，由於是由自己的排泄物所產生的，因此還可以忍受；但如果在前一個人用完後立刻上廁所，便不得不耐心等候，靜待熱氣止息。

八

料理屋、茶屋等商家，為了除臭，有些店家在廁所焚燒丁香；但廁所還是用以往的樟腦、奈丸，讓它發出廁所應有的氣味就可以了，如此反而高雅。氣味太過清香的香料實在不適用於廁所。如不適可而止，就好比在治花柳病的藥中參入檀香一般，那原本高貴的香氣不再令人珍而貴之。說起丁香，過去可是風雅別緻的香料，現在丁香卻淪至與廁所的聯想結合一塊。所謂「丁香浴」，也因此再也沒人泡了。我因為酷愛丁香，特此發出以上忠告。

九

「我要上便所」的英語，學校教人說是「I want to wash my hand」，實際上真是如此嗎？我雖然沒去過西方，但有一次，我住在中國天津一所英國人開的旅館時，當我小聲地問一位餐廳的男侍，

「Where is toilet room?」男侍卻大聲反問我，「W.C.?」讓我大驚失措。還有一次更尷尬，那次是在杭州中國人開的旅館，我突然肚子痛，一問「廁所在哪裡」，雖說男侍立刻領我前去，那廁所卻偏偏只有小便池。我當下不知所措。只因為學校不教人「大便的地方」用英語怎麼說。我只好問，「另一種廁所在哪兒?」可是那男侍卻無法領悟。要是別的事，我尚可比手畫腳說明，但就這碼子事我可沒勇氣用肢體語言表達。就在這當中，便意越來越急。這種經驗雖說相當令人困窘，但說實話，時至今日，我依然不知道這時候英語該如何說。

十

不小心打開有人正在使用的廁所，不是會喊，「啊，裡面有人」，這時候的「裡面有人」，用英語該如何說?——我在很久以前曾在某個場合問近松秋江氏這個問題。秋江氏大概會在旅館等地方的廁所聽西方人說過，他說這時應該說「Someone in!」——那時秋江氏如此教我，爾來二十有餘年將過，我卻還沒有實地應用這句英語的機會。

十一

濱本浩君在改造社上班時，有時到京都出差，會順道來我岡本家中拜訪；有次在回程時，在梅田開往京都的火車中，他如廁時，由於關門過猛，廁所金屬把手脫落，這下子門怎麼也開不了。無論他如何喊叫、敲門，由於火車正在行進，外邊都無人聽見。無可奈何之餘，他覺悟到無法立刻出去，便撿起脫落的金屬把手，敲門耐心等候。最後終於引起某位乘客的注意，通知車掌，好不容易才在火車抵達京都前被放了出來。我聽了這話之後，進火車的廁所時，便特別小心翼翼地不粗魯地開閉廁所門。如果是慢車，還可以趁火車在最近的一站停車時打開窗子呼救，但如果是夜行的快車，遇到這種災難，那可不知道要被困住幾個鐘頭了！

谷崎潤一郎｜Tanizaki Jun'ichirō

明治十九年（一八八六）出生於東京日本橋。舊制府立一中、第一高等學校畢業後，雖進入東京帝大國文科就讀，但中途休學。明治四十三年，與小山薰等人創辦第二次的《新思潮》雜誌，並發表〈刺青〉、〈麒麟〉等小說。這些小說得到永井荷風的讚賞，在《三田文學》雜誌上大力頌揚，谷崎因而得以確立文壇上的地位。

爾後谷崎盡展長才，發表《痴人之愛》、《卍》、《春琴抄》、《細雪》、《少將滋幹之母》、《鍵》等作品，創造出艷麗官能美與陰翳古典美的世界，始終走在日本文壇的最高峰，最後於昭和四十年七月亡歿。

谷崎曾以《細雪》獲得每日出版文化賞及朝日文化賞，以《瘋癲老人日記》得到每日藝術大賞。另，於昭和二十四年受贈第八回文化勳章。昭和十六年，受選為日本藝術院會員；並於昭和三十九年，被選為日本人首位全美藝術院美國文學藝術學院名譽會員。

李尚霖｜譯者｜輔仁大學日文系畢。一橋大學言語社會研究科碩士、博士。開南大學應日系助理教授。

臉譜書房 七
陰翳禮讚 陰翳礼讃
FS0007Y

作者：谷崎潤一郎
譯者：李尚霖
美術設計：王志弘
發行人：涂玉雲
出版：臉譜出版

發行：英屬蓋曼群島商
家庭傳媒股份有限公司城邦分公司
台北市民生東路二段一四一號十一樓
讀者服務專線：02-2500-7718
02-2500-7719
服務時間：週一至週五 9:30-12:00
13:30-17:30
二十四小時傳真服務：02-2500-1990
02-2500-1991
讀者服務信箱：service@readingclub.com.tw
劃撥帳號：19863813／書虫股份有限公司
英屬蓋曼群島商
家庭傳媒股份有限公司城邦分公司
城邦網址：http://www.cite.com.tw

香港發行：城邦（香港）出版集團
香港灣仔駱克道一九三號
東超商業中心一樓
電話：852-2508-6231
傳真：852-2578-9337

馬新發行：城邦（馬新）出版集團
Cite (M) Sdn. Bhd.
41-3, Jalan Radin Anum,
Bandar Baru Sri Petaling,
57000 Kuala Lumpur, Malaysia.
電話：603-9056-3833
傳真：603-9056-2833
讀者服務信箱：services@cite.my

印刷・製本：漾格科技股份有限公司
三版一刷：二〇二二年三月

國際標準書號：978-626-315-073-7
定價：新台幣三八〇元整
＊本書如有缺頁，破損，倒裝，請寄回更換

國家圖書館出版品預行編目資料
Cataloging in Publication, CIP
陰翳禮讚／谷崎潤一郎著；李尚霖譯．
——三版．——
臺北市：臉譜出版：城邦文化發行，
2022.3 印刷 面； 公分．
——（臉譜書房；FS0007Y）
ISBN 978-626-315-073-7（25K平裝）
861.6 110021652

使用紙

表紙カバー、
表紙、
見返し、
帯：　株式会社 竹尾
　　ビオトープ GA-FS
　　FSC 森林認證紙

本文：日本製紙グループ
　　グリーン
　　PEFC 認證紙